結緣

2之2

〈愛恨難了〉

雪靈之 著

風文創 025

風文創 025

目錄

原月箏，五皇子鳳璘的授業恩師原學士之女，第一次見到鳳璘，是在皇后娘娘的壽宴，所有人熱鬧地慶祝，他卻因為思念母親而獨自哭泣，那哭泣的樣子讓她心疼，於是仗義地決定要對他好，漸漸地因憐生愛、情根深種，就算太子百般討好，她還是最喜歡鳳璘。

隨著時光流逝，這份愛逐漸成為一股執念。為了能一直陪在他身邊，當他的妻子成了她的夢想；而因為他一句「想娶才貌俱佳、舉世無雙的女子」，她花了六年努力學習、刻苦練習，最後終於得償所願，成了他的妻。

她知道自己沒有把握重權的娘家，也沒有豐厚的嫁妝，能為他做的就是甘苦與共，生死相隨，因此甘願為他赴險；即便被擄至敵營，身心受盡折磨卻一直等不到他來救，她仍是堅持到最後，為他守住了貞操，乾乾淨淨地回來。

然而現實卻是殘酷的，當她明白了他或許並不希望她回來，她知道不能再自欺欺人了……

第三十一章　寵溺之罪

鳳璘清越好聽的聲音好像是從夢境深處傳來的，月箏蜷在溫暖的被窩裡，雖然聽不清他在說什麼，她也覺得安心舒坦，緩緩睜開眼，滿室溫暖的陽光，讓心情更好了些。這一覺睡得真是舒服，骨頭都酥了。

鳳璘正在前廳議事，月箏把自己更深地縮進被褥，默默傾聽他沈穩篤定的語聲，經過這一戰，他比起原來更具王者之氣了。

前廳響起將領們散去的腳步聲和說話聲，容子期跟著鳳璘，兩人的聲音就在門外。容子期有些擔憂，語氣比平時低沈。「王爺，雖然理由充分，皇上心裡必定明白您遲遲不班師回京的原因……」

鳳璘打斷了他的話，帶了些譏誚的笑意。「知道不更好？我倒想看看父皇怎麼論功行賞。」

容子期哦了一聲，恍然大悟。

月箏也豁然開朗，鳳璘推說仍要防備猛邑反撲，決定留守內東關，副元帥彭陽斌和監軍孔瑜卻早早就帶兵開拔，一副凱旋的派頭直奔京城討功去了。鳳璘這一仗打得左右掣肘，氣悶不滿是一個原因，更重要的是，他要試探皇上的意思。如果順乾帝繼續裝糊塗，大賞彭陽斌和孔瑜，如此一來皇后娘娘有恃無恐，鳳璘怕是不得不加緊在豐疆暗豐羽翼，聊以自保；如果皇上明辨是非、賞罰得當，那麼此役鳳璘天時地利人和勝得十分漂亮，自然也是一個改立太子的絕好契機。

鳳璘推門進來，看見月箏蜷在被窩裡皺著眉，眨著眼，很認真地在想什麼事情，輕淺地牽動嘴角。「醒了？」

月箏點頭，好心情也沒了，她掀了掀被子，準備下床梳洗，卻冷得嘶嘶出聲，又立刻裹住，鑽出被窩千難萬難。她對溫暖的地方強烈依戀，也許是受凍留下了恐懼。

鳳璘看著好笑，乾脆拖了一張凳子放在床邊，把水盆放在凳子上，伺候她在床上洗漱。月箏洗得舒舒服服，又瞇著眼趴回枕頭上發懶，鳳璘坐到床側，拿了瓶味道難聞的藥膏，月箏被嗆了下，睜眼看見他正輕輕掀開被角要往她腳上塗，頓時驚恐萬分地縮回腳丫子，整個人躲進床裡。

「別鬧。」鳳璘含笑輕責。「杵戟草的味道難聞，治凍瘡效果一流。妳看翥鳳兵士不會受凍瘡所苦，全是它的功勞。」

「那也不塗。」月箏毫不動心，一臉堅決。「讓我待在暖和的地方，自然會好的！」她才不要臭烘烘的躺在鳳璘身邊。

鳳璘看著她那雙瞪圓的葡萄黑瞳忍不住發笑。「快來，嗆一會兒就聞不著了。」他半躺下來，胳膊探進被裡去捉她的腳丫子。

他的手涼，握著她又癢癢的，月箏又笑又急，還不敢掙扎，怕他的胳膊動得太厲害牽動到胸口的傷處。鳳璘笑著把藥撒在她腳上，月箏沒轍了，就乖乖坐起老實讓他塗。杵戟草膏味道恐怖但塗在皮膚上熱呼呼很是舒服，再加上鳳璘輕輕揉捏，大大緩解了疼痛。她無心地抬眼，看見他專注而又心疼的神色……心重重一顫，他每一下溫柔的觸碰都帶給她無比的撫慰。

塗藥揉捏後，他又用細軟的白棉布條密實地裹住她的腳，幫她蓋上被子，他向前坐了些，拉過她的手重複剛才的方式，發現她的表情有些古怪，欲言又止，眉頭緊皺，忍不住問：「怎麼了？捏疼了？」

「嗯……嗯……」她支支吾吾，終於痛苦地說出來。「你為什麼先塗腳後塗手啊？」

鳳璘愣了一下，驟然失笑，故作自責地點了點頭。「下回改過。」

早飯兼午飯是紅棗粥，鳳璘餵她吃了兩碗，月箏心滿意足，笑咪咪地躺回枕上，這段時間身心俱疲，一旦鬆懈下來就累得不行，只想總這麼懶洋洋地躺著。

鳳璘看著她笑。「再睡一會兒？」

沒等月箏說話，醫官在外求見。鳳璘放下羅帳才命他進來，醫官循例檢查了他的傷口，先恭喜他餘毒盡祛，後又面色尷尬地頓了一下，小心翼翼地說：「請王爺愛惜身體，傷口一再迸裂的話，將來恐有遺患。」月箏被醫官別有用意加重的那句「一再」弄得面紅耳赤，鳳璘抿嘴，忍住笑意。

醫官說了那話自己先不好意思了，也不上前看月箏的傷勢，慌慌張張地退了出去。

鳳璘剛才脫去了外袍讓醫官診治，也不再穿起，散漫地整了下裡衣鑽進被窩，貼著月箏躺下。

月箏臉上的熱還沒退去，不好意思給他看見，翻身背對他。他的手環上來，不甚安分地壓在她胸前的柔軟上，月箏氣呼呼地用裹著棉布條的手去拍，陰陽怪氣地說：「不是讓你愛惜身體嗎！」想想就覺得丟人，醫官說出那樣的話來，搞得她像急色鬼一樣！

鳳璘輕笑出聲，鬆開手掌，把她攬在懷裡。「我也睡一會兒。」

月箏沒掙扎，不一會兒就聽見他低勻的呼吸，這樣甜蜜而寧靜的時刻，她沈迷無比。

聖旨三天後用八百里加急送到內東關，鳳璘麾下眾將領都受到豐厚獎賞，加官進爵，順乾帝還賜下鉅額賞金，命鳳璘按功行賞。增加鳳璘的儀仗規制、提高豐疆屬員的官銜和人數、免去豐疆十年貢稅，這些是翥鳳立國以來，藩王受過的最高禮遇。相比之下彭陽斌和孔瑜只是被賞賜了些錢財，彭陽斌授了個光武寺卿的虛職，變相被收了兵權。

鳳璘接了旨，只是淡然地命容子期和衛皓草擬封賞細則，自己卻認真翻看豐樂太守送來的樂繡樣品，豐樂的樂繡是翥鳳三大繡之一，以清雅素麗聞名，他選了十幾個特別精美的紋樣，親自送到內室去給月箏看。

月箏正吃蘋果看書，幾天細心將養下來，臉色紅潤了很多，鳳璘把樣品訂成的簿子遞給她看，讓她挑出喜歡的，他好吩咐工匠製衣。月箏選來選去，覺得他挑出的十幾個花紋顏色都極好，正猶豫著去掉哪些，卻被鳳璘笑著抽走樣簿。「豐樂都是妳的了，王妃，只是讓妳看看有沒有不喜歡的而已。」

在旁邊削蘋果的香蘭不屑地挑了下嘴角，果然有錢了，說話底氣都足了。「還吃蘋果嗎？」她漠然地問月箏。

月箏皺眉搖頭，戰事雖然結束，內東關裡還只有少數人能吃上水果，種類也就只有蘋果和梨。

「吃膩了？」鳳璘在床沿坐下，忍不住抬手撫了撫她恢復往日細滑的臉頰。「此時廣陵倒還有不少水果，我叫他們加急送來。」

月箏連連搖頭。「太勞師動眾了，別了，免得皇后娘娘借題發揮。」

鳳璘冷然一揚眉。「無妨，可用軍驛傳送，不會驚擾百姓的。」

月箏看著他帶幾分傲兀的神色，心下感嘆經過這一仗，鳳璘的實力真是今非昔比了。香蘭本想嘲諷他還沒得勢怎麼先學會荒淫奢靡，卻看見他把月箏的手小心翼翼地捂在自己手心裡，到了唇邊的刻薄話終究還是沒說出口。

在房間裡躺了幾天，月箏終於又覺得自己生龍活虎，手腳的凍瘡也都好多了。好吃好睡了這麼些日子，非但一改面黃肌瘦的衰樣，還比之前圓潤了幾分。鳳璘的寵溺幾近荒唐，她習慣了以後比之往日又多了些媚態，一直對鳳璘不冷不熱的月闕都有點兒看不下去，說她被鳳璘慣得更像狐狸精了。

鳳璘的傷勢也恢復得不錯，傷淺處血痂都已脫落。

月箏再也待不住，在帥府各處散步閒逛，看下人們幹活忙碌。

「一早上也沒見鳳璘和我哥，不知道又去哪兒瘋了。」月箏嘟嘴，邊走邊踢路邊的積雪，鳳璘最近總守在她身邊，偶然離開，她便覺得很是寂寞。

「據說去三家嶺給妳獵雪狐了。」香蘭不以為然地說，三家嶺的雪狐皮毛就是因為稀少難獵才異常珍貴，哪是腦袋一熱去捕就捕得著的？

「啊?!」月箏意外，隨即也有點兒灰心，當初順乾帝極愛喬妃，北疆貢奉的雪狐輕裘就賜給了她，孫皇后怏怏不樂，順乾帝只得再命人捕獵，至今也沒得償所願。「我哥也跟去的話……應該還有可能。」月箏自我安慰，不希望鳳璘白跑一趟。

「他？」香蘭撇嘴，月闕見鳳璘對月箏寵上天，又被鳳璘好吃好喝封了嘴，也就一副前事不究的德行，連他也看不順眼了。「他去有什麼用？頂多算是獵狗！不過竇神箭也去了，倒還真有幾分盼頭。」

月箏一下子想起竇神箭射落雁子的景象，不由得點了點頭，也沒追究香蘭刻薄月闕的話。

鳳璘一行人一去就是十幾天，或許是深入山嶺腹地，也沒派人回來報平安。

月箏頭幾天還喜孜孜地叨唸著要穿稀世皮裘，後來就光剩著急了。

等鳳璘帶著三條雪狐皮毛滿載而歸，剛進帥府就被迎面哭著跑出來的月箏推了個趔趄。

月箏看都不看容子期捧過來的珍貴皮毛，哭得一臉是淚，連聲埋怨鳳璘走也不和她道下別，到哪兒也不知道派人回來說一聲。

鳳璘心疼，忙著用手抹乾她的眼淚，連聲勸她別哭，容子期趕緊湊過來獻寶，月箏氣恨難平，一把掀開，哭著說：「我不要看！都是因為它，我以為你們出了什麼事了！十幾天音信皆無，急都急死人了！」

月闕竄過來珍惜無比地把皮毛接在手裡，生怕落地沾染灰塵，瞪了妹妹幾眼。雖然鳳璘對她千依百順的確是因為過去虧欠了她，可自家妹妹這脾氣也真讓他有點兒同情鳳璘。「多辛苦才獵到的，沒賠上一條命也有半條了。還妳不要呢，不要算了！鳳璘！」看見鳳璘還在皺眉給月箏擦眼淚。「還慣！還慣！千辛萬苦去給她獵雪狐，還落了一身不是！」

月箏邊吸鼻子邊對哥哥翻白眼，這人胳膊彎得夠快的，現在又成鳳璘那邊的了？

月闕覺得被挑釁了，剛想再反擊一下──

鳳璘就好像沒聽見他抱怨一樣，握著月箏的手說：「我這就派人把京城名匠們接來給妳做衣服。」

月闕頓時覺得一口氣提不起來，不屑地睨了鳳璘一眼，這男人就不能欠了女人的，看了他就有體會了。

第三十二章 冰凍葡萄

過了新年，北疆的天氣也沒有半點回暖的意思，月箏怕冷，內室比別處多點了兩個炭盆，鳳璘穿著薄衫還覺得有些熱，十幾天積壓的公文全堆在案上，他心不在焉地逐一翻閱著，只有拿到順乾帝批覆的封賞細目時才凝神細看。

順乾帝幾乎對上呈的封賞人數和等級、金額隻字未動的恩准下來，豐疆軍因此而欣喜無比，因為此次王爺上報的人數和規格都是史無前例的高，所有人都以為皇上會酌情減等。

鳳璘幽亮的眼瞳帶著譏嘲掃過公文上的字字句句，傍晚庭議上豐疆軍的將領們個個喜形於色，拐彎抹角地恭喜他，覺得這是皇上意欲改立的徵兆。鳳璘啪地合上公文，扔在一邊，他太瞭解自己的父親了，越是這樣予取予求，越是說明改立無望！他的心驟然一抽，從未有過這樣的感受：他理解了父皇的無奈！對他的好——是為了補償。

一塊火炭啪地一爆，升騰起一串火星，他一恍，發現月箏正笑咪咪地趴在床上，雙手托腮盯著他看。瞬間，他很難說清自己的心情，他剛才竟然忘記房間裡還有她！這種遺忘是令他驚詫的靠近，是的，她已經靠得太近，近得幾乎讓他心慌。

他強迫自己如往常般淡然一笑，剛才他的憤怒、失望和譏嘲是不是全數落入了她的眼中？他站起身，走到床邊坐下，側過頭細細看橙紅暖光中的她——恢復了嬌豔姿容的她，何嘗不是傾國絕色呢？她的眼睛……他不明白，即使經歷了那麼多摧折，那雙美麗的眼睛為什麼還會如此清澈無瑕？如同浸濕的黑晶石，烏黑幽亮映著的全是他……他突然伸手掩住她的眼眸，她長長的睫毛刷得手心刺癢。

月箏呵呵笑起來，以為他是被她看得不好意思了，拉開他的手。他的頭髮沐浴後就沒再梳起，慵懶地披散著，很少看見他這樣隨便地穿著裡衣，油然一股老夫老妻的感覺。

他轉開頭。「這麼晚還不睡？」

月箏抿嘴，他生硬扭開頭的樣子有點兒古怪，不過很可愛，原來他受不了她這麼直直盯著瞧，會害羞。不想讓他尷尬，她開口。「都怪今晚的羊肉！烤得那麼好吃，吃撐了犯膩。」

鳳璘聽了皺眉一笑。「就是，我剛和月闕喝了一杯，轉頭看妳又抓了一塊，瞧妳吃得香也就沒阻止妳。我叫他們給妳拿點兒水果來解解膩？」

月箏噘嘴搖頭。「這都多晚了，下人都睡了，別折騰了，喝幾杯茶就好。」

「我去給妳拿，晚上從豐樂來的東西到了，我看單子有凍葡萄，估計妳會愛吃。」鳳璘起身，屋裡太熱，他的煩躁半天也壓不下，想去寒風裡走一走。

月箏掙扎了一下，捨不得使喚他又想吃葡萄，終於還是點了點頭。「你多穿點兒。」

鳳璘含笑披上外袍走了出去，冬天的夜空極其明淨，看得久了心裡卻空空洞洞，入夜已深，帥府一片昏暗，只有幾盞風燈在廊上被風吹得搖擺不定，孤寂寒涼，好像與火光溫暖的房間是兩個世界。他緩步走進小庫房，拿了幾串葡萄去廚房清洗。

「誰?!」月闕似乎沒想到廚房裡還會有人，嚇了一跳。藉著微薄的燭光看清了以後，誇張地撫著心口湊過來。「這是幹什麼呢？豐疆王爺親自來做宵夜嗎？」

「給月箏拿點水果。」鳳璘把葡萄遞了串給他。「你餓了？」

月闕把冰凍的葡萄嚼得啼啼響，黑暗中放任自己露出淡漠的眼神，口氣卻仍是往常的頑劣無心。「沒，來找點兒花生吃。」

「天氣再暖一點兒，我就帶她回武勝王府，這裡……就全交給你了。」鳳璘不想在過於鄭重的場合說這番話，眼下很合適。

月闕點頭。「只要你對我妹好，別說在這裡給你看攤兒，就是……都行啊。」看著鳳璘心照不宣地一笑。

鳳璘破格提升他為忠武將軍，任豐疆都督，統領內東關守軍，說是繼續戒備猛邑來犯，其實還不是保存勢力，為將來生死攸關的那一刻做萬全的準備？為了平服天下悠悠眾口，他這個大舅子搞不好還要把叛亂謀逆的罪名揹上身，但只要鳳璘能真心實意對待月箏，他什麼都不在乎。

他又嘿嘿發笑，真沒想到，那麼瘋瘋癲癲的妹妹竟然也可能母儀天下，這命運之說，果然難料。

「笑什麼？」鳳璘好笑地抬眼看他。

月闕搖搖頭，催促他道：「你快回去吧，一會兒王妃娘娘要等急了。」

「月闕……」鳳璘皺眉，似乎還有囑咐，被月闕不耐煩地重重拍了下肩膀。

「好啦！放心！我對你總比老薑頭對皇后娘娘忠心的。」見鳳璘露出古怪神色，月闕又誇張地飛快收回搭在他肩膀上的手，還用力在衣服上擦，連連解釋。「別誤會！別誤會！我……我還是喜歡女人的！」

鳳璘哭笑不得，拿起盤子向門外走了幾步，想想也覺得好笑，一時玩心大起，故意回頭幽幽看了月闕一眼，陰陽怪氣地說：「我沒誤會，我傷心了。」月闕噗哧一下把剛吃進嘴裡的葡萄全噴出來。

鳳璘都走到拐角了，還聽見月闕在咳嗽，他也不顧夜深人靜，大聲嚷嚷說：「王爺，下次你還是別開玩笑了！不適合你，不好笑，嚇死人了！」

鳳璘走進內室，月箏正跪在床上豎著耳朵聽窗外的聲音，看見他就問：「我哥鬼叫什麼呢？」

鳳璘笑而不答，把葡萄遞在她手裡，坐下想想也覺得意外，他都多少年沒有開玩笑的心情了，怎麼也突然孩子氣起來？

「真好吃啊。」月箏吃得喜笑顏開，還不忘摘大顆的餵給鳳璘，鳳璘嚐了嚐就搖頭，嫌酸澀。「可惜沒多少……」月箏嘆氣。「明年讓豐樂多凍一些。」

鳳璘的眼神一閃，慢慢斂去了笑容。

月箏起身拿帕子擦手，不經意看見了他的沈重神色，她有點兒後悔，不該隨口亂提要求的，葡萄在豐樂產量本來就少，盛夏冰凍保存十分不易，就連到了冬季進貢入宮的也不過幾筐，受寵的嬪妃才能分到一盤，她這麼一說鳳璘又為難了吧？「嗯……」她嚥口水，眨巴著大眼睛。「我亂說的，這東西吃多了也沒意思。」

鳳璘一愣，隨即笑了。「那有何難？不過就是擴建地下冰庫而已，妳放心吃吧，吃完了讓豐樂再送。」

月箏嘿嘿笑著繼續吃，偷眼瞟了瞟他，果然是財大氣粗了……這仗打完，皇上的賞賜再加上免除貢稅，鳳璘成了大財主，哪還是當初五百金都拿不出來的窮酸王爺？

看她吃完，又倒了杯茶水給她喝，鳳璘才脫衣上榻。

月箏剛吃完涼東西，睏意全無，湊過來扒他原本就寬鬆的裡衣。「你的傷怎麼樣了？真不該帶傷跑出去……」她的手突然被他緊緊攥住，動彈不得。她不解地抬眼看他，他微紅著臉閃避開她的目光。月箏猛地發現自己這樣趴在他胸膛上脫他的衣服是何等挑逗的舉動，一下子羞紅了臉想起身躲開，但看見鳳璘不怎麼自在的侷促神情，她又覺得可愛，他也害羞嗎？不對啊……月箏瞇眼細看，想想他不可能害羞！就那夜的表現，就算不是行家也算輕車熟路，之前的笑紅仙什麼的……她一下子全都想起來了。剛才是嘴巴酸，現在是心裡酸了。

鳳璘見她沒了動靜，狐疑地看了她一眼，果然垂著眉眼不知道在胡想些什麼，他有些好笑地看她的嘴角越來越往下拉。「想什麼呢？」他明知故問。

「什麼都沒想！」她使勁收回手，悶悶翻了身。她如何感覺不出來？他對她的好近乎贖罪！這絕非她想要的。

「箏兒……」他挪了挪，貼近她，手環上她的腰，沒再多說什麼，頂住她臀瓣的灼熱表達了他對她的渴望。

月箏輕顫起來，按說看了那麼多天的「皮影戲」，她對這種事早該處之泰然，輪到自己上場還是緊張生澀。鳳璘坐起身，把她也拖起來，月箏極力想控制自己的雙肩別抖動得那麼明顯，低低地垂著頭不敢抬起，剛才扒人家衣服的那股勇猛早就化為飛煙了。

鳳璘的笑只是輕微地震動了胸膛，卻讓她的心頭一酥。上次醫官那噁心人的語調她又回想起來了，她要義正辭嚴地對他說：你累了，今晚不要了。而且要很大聲的說！

剛仰起臉，還沒等喘上一口氣準備冷臉，他的唇就罩了下來。

她恍了下神，他的舌頭便已作起怪來，她被他吮得有點兒疼，這才想起自己要嚴詞拒絕，嗚嗚地抗議，想推開他。鳳璘原本鬆鬆搭在她腰上的手猛地一勒緊，她幾乎是撞到他胸膛上的，胸前一疼，她不自覺地哼了一聲，那悶悶的呻吟酥媚入骨，鳳璘聽了只覺後脊梁竄起一絲痠麻，脹痛之處也更焦躁了。

她覺得他的裡衣寬鬆，沒想到她自己的更……被他壞心地摟緊鬆開揉擠了半天，好不容易擺脫了嘴巴的箝制，大大喘了口氣才發現自己已經被脫得一件沒剩，按在枕頭上了。

他的胳膊撐在她脖子兩側，這種時刻他竟然停住了，俯視著身下豔光四射的她，眼睛裡是情慾無法掩蓋的深冥幽暗。
短暫的回神讓月箏看清了他的眼睛，她愣住了，那雙俊美無雙的幽瞳裡閃爍不定的——是悲傷嗎？
她瞪大眼，想細細分辨，他卻重重地閉上了眼睛，所有的一切全淹沒於他過於急切的撞入。
她還沒完全準備好，又被他的眼神冰了一下心魂，他這樣粗暴地進入讓她如第一次般疼痛，反射般蜷起了腿，纖纖細腰拱成令人迷亂的弧度，長長地吟哦出聲。
他緊緊地閉著眼，剛才她看進他眼睛的眼神像利刃劃開了他的心……他又無意中被她看見了深埋的情緒！在她面前，他變得越來越笨拙和脆弱。
這種無奈和無力讓他腦中凌亂一片，身體的渴望脫離了意識的束縛，變得狂躁不已。他不肯再睜開眼睛，生怕她又用那樣的眼神看著他，像無聲質問著他的心靈，讓他痛苦不已。黑暗讓需索變得簡單而直接，不同於上次曲意取悅，這次他徹底地放任了自己。
她被他突然爆發的狂暴嚇住了，他弄疼她了，初經人事的她無法承受這樣的激烈。
「鳳……鳳璘……」她連他的名字都叫得支離破碎，她想讓他輕些，太疼了……
緊緊咬著牙，雙手死攥著枕頭的兩側，不同於第一次積累到極點後飛上雲端的快感，她只是覺得疼痛和喘息的急促，整個人被搖擺得昏昏沈沈，她聽見他愉悅的低哼，加快到她無法承受的速度後他極度舒暢的長吟，她的心突然也隨著他的歡愉而滿足。

灼熱的液體滿溢在身體裡，感覺十分古怪……他的汗水滴落在她的身體上，熱一下又瞬間冰涼。他的呼吸漸漸平復，卻沒從她體內撤離，他似乎又在看她了。月箏皺眉，勉力睜開眼，還是用那樣的眼神看她嗎？她不喜歡！非常不喜歡！他的額頭佈滿了汗珠，有幾滴竟然沿著他弧線完美的眼窩掛在他低垂的長睫上，他的眼似睜非睜，濃密的睫毛陰影遮住了他的一切情緒。

似乎感覺到了她的疼痛不適，他的再次熱情帶了取悅的意味，雖然不像前一次那麼難捱，她最終還是沒能達到極點，在他最熾烈的時刻，她十分艱難地抬起雙臂捧住了他沈迷於慾望仍俊俏好看的臉龐。「看……看……我，看我……鳳璘……」

她喘息呻吟著喊他的名字，讓已經接近天堂的他驟然失去一切意識，只剩極致的快感和饜足。如同被催眠，他死死地盯著她瞧，她眼中時遠時近的自己……直白的愉悅。

在融入天地宇宙的一剎那，他竟狂放地輕笑了，笑了，心卻那麼苦澀。他終於用她的眼睛看清了自己，也不過只是個沈迷慾望的凡夫俗子。

她大口喘息著，細細分辨他的笑容，是滿足？還是……她說不清！宛似墮入魔道後的狷狂，墮落而解脫。

「鳳璘……」她突然想問，此時此刻他的心裡到底在想什麼。

他的眼瞳飛快的恢復了清明的凜冽，偏偏還蒙著一層溫柔的笑意，他眷戀地俯下頭，吻住她的唇，讓她的呼吸更加急促，她的疑問便沈溺在他脈脈柔情裡了。

「葡萄味的……」久久，他鬆開她，輕喘著在她耳邊低喃。

她被他弄得耳朵發癢，酥軟的卻是早已迷失的心。

第三十三章　未雨綢繆

武勝府的氣候要比內東關暖和，鳳璘又命人改建了王府的主宅，全都鋪設了地炕，室內溫暖如春。

幾盆水仙被暖氣蒸騰著，開出婷婷花朵，為新裝飾過的王妃臥房增添了些許雅緻。月箏無精打采地站在外屋中央，望著條案上盛開的水仙發呆，任由那幾個剛從京城來的製衣名匠抬胳膊轉身子的測量臂長腰圍。

工匠們小心翼翼，每個細節都反覆測量，還小聲地議論著什麼。

月箏有些不耐煩，正嘆氣，就看見香蘭領著四個丫鬟捧著幾樣點心走進來，儼然首領模樣。

工匠和丫鬟們陸續退下，偌大的廳堂只剩主僕二人，月箏隨手拿了塊糕點，心不在焉地塞進嘴巴，味道也不太中意。回了豐疆王府，好吃的東西比內東關多得多，她反倒吃什麼都不香了，偶爾吃到特別好吃的，就想起還駐守在內東關的月闕，生平第一次這麼想念他。

悶悶走回臥室，滿眼是精美簾幕、考究家具。也許房間大了就會顯得寂寥，月箏很希望能像在帥府的時候，鳳璘就在外室辦公，每天她醒來就能聽見他在前廳有條不紊地打理政務，只要想他，走幾步就能看見。

回了王府，鳳璘辦公的地方那麼遠，又總有藩地屬官從各地趕來晉見祝賀，她跑去找他未免不合時宜，有時候一整天都見不到一次面，更別提一起吃飯了。

香蘭跟著她進房，一直偷眼瞧她，表情怪異。「小姐，都要穿上連皇后娘娘都妒忌的狐裘了，怎麼還不高興？妳是不是……已經知道了？」

月箏懶散地靠坐在美人榻上，斜眼瞟著她，早就看出來她又打聽到什麼消息，一副急於賣弄的樣子。

「小姐，聽說……」香蘭故作神秘地拉長調子，月箏白了她一眼，不就是聽容子期說的嗎？「皇后娘娘去皇上那兒告了王爺一狀，說王爺獵得稀有狐裘不進獻入宮反而私自留下，目無尊長。」

月箏皺眉想了想，撇嘴搖頭。「亂說，當初去宮裡接製衣工匠的時候皇后娘娘不是沒管嗎？不可能現在又反悔尋釁。」

香蘭嘿嘿一笑，賣關子說：「那當然是有原因的！」

月箏怎麼都覺得她是在幸災樂禍。

「皇上又下了聖旨啦，不過這回賞下來的可不是什麼好東西。內廷剛剛採選完各地美女，除了留了幾個人在宮裡，差不多全賞到北疆來了。聽說其中有幾個是這批美人中最佳，皇上都沒捨得留，特意賞給豐疆王爺開枝散葉的。皇后娘娘覺得賞給太子的美女不如賞給豐疆王的好，又火了，才去皇上那兒找碴的。」說著還瞟了眼月箏癟塌塌的肚子。「聽說太子妃和良娣都懷上孩子了，相比之下，皇上似乎特別懷疑妳。」

月箏氣得從榻上跳起來，橫眉豎目。這也能怪她嗎？她和鳳璘出發雖早，行程慢哪！

香蘭趕緊安撫。「我就從來沒懷疑妳，肯定是王爺的問題。」

門口傳來一聲輕咳，鳳璘站在那兒眉眼含笑，似乎什麼都沒聽見，他身後的容子期卻臉色怪異，咳嗽連連，一臉同情地看香蘭，嘴角抽搐；衛皓則緊繃著臉，好像什麼都沒聽見。

鳳璘緩步走進來，心情很好地問月箏。「量好了？我讓他們連夜趕製。」

香蘭乍然被嚇了一跳，隨即故作鎮定地揚頭走出去，畢竟沒膽子留下。

容子期也很識相地拉著衛皓跟著溜了，總覺得留下沒好事。

月箏垂了眼，軟軟地倒回美人榻，意興闌珊。「皇后娘娘真的因為這狐裘說你目無尊長嗎？那……就算儘快做好也不能穿。」

鳳璘一笑，在她腳邊坐下。「沒有這事也會有其他理由，何必在乎？就算我把狐裘獻給她又能剩下什麼好？」頓了頓，嘴角向上挑的弧度更大了。「在我心裡，能配上這狐裘的只有妳。」

月箏瞇眼，坐直身子狐疑地盯著他打量，突然說這樣的甜言蜜語肯定有詭異。「皇上真的賜了美女給你？」她開門見山地揭發他。

鳳璘從容笑道：「是賜給陣前所有立功的將士。」

月箏皺眉瞪他，真是狡猾，在皇帝眼裡功勞最大的當然是豐疆王殿下了！「你是故意的對不對？」她突然斂去玩鬧生氣的神色，露出凝重的落寞，頭也慢慢低垂。鳳璘一直不肯要孩子，她聽說太子妃和良娣都有了身孕，心裡越發不是滋味。

鳳璘知道她指的是什麼，眉頭輕皺了一下，輕笑解釋。「那些美人我自會全數分賞給功勞顯赫的部下。」

月箏挑眉，果然被引開注意力，質問：「真的一個都不自己留下嗎？」

鳳璘把她攬入懷裡，笑出聲。「嗯。」他重重點頭。

入夜又下了小雪，月箏站在窗前看了一會兒，微寒的輕風吹不去心底的煩悶，索性合攏了窗扇，回身默默看鳳璘桌案上放的瓷瓶。那裡面是醫官配的藥丸，鳳璘吃了……她就不會有孩子。

鳳璘從外邊走進來，身上還帶了雪的清冷，月箏走過去，撲進他懷裡，涼意激得她微微一顫，她的臉頰緊貼著他的胸膛，輕輕問：「鳳璘，為什麼……不到時機？」她在他們最柔情密意的時刻趴在他身上祈求一個孩子，他說：還不到時機。

她想不明白，他的羽翼已經逐漸豐滿，財力兵權今非昔比，怎麼就不到時機擁有一個屬於自己的孩子呢？

鳳璘環緊她的腰，那麼纖細柔軟，每次摟住都不由得心生憐惜。他當然知道她在問什麼。「六月份父皇壽誕，我們都要入京慶賀，旅途勞頓……」他越說聲音越小，她從他懷裡抬起頭，定定地仰視著他。鳳璘終於抿住嘴唇，陷入沈默，他和她都知道，這並不是原因。

「鳳璘……」她看著他的眼睛，無聲懇求。她不是非要一個孩子，而是希望他能習慣把心底的話對她傾訴。

他受不了這樣的目光，垂下長睫，低頭在她唇上吻了吻，摟緊了，就不用再迎視那樣純淨柔暖的眼神。她陷入他的懷裡顯得那樣小、那樣脆弱，只要他橫在她腰上的胳膊再用些力，他都疑惑這副嬌軟的身子會一折兩半。就是這樣的她……卻能讓他感覺到無法抵禦的溫暖，她那水燦燦的眼瞳直直看著他的時候，心裡的陰鬱便被輕緩地照亮了。他不喜歡這種無法躲避的明亮……卻貪戀她帶來的溫暖。

「剛才京中來了消息，父皇頒下詔書，以身體欠佳為由，命太子監國。六月入京，福禍難料，最好的情況，也是迫我交出豐疆軍的兵權，再賞些金錢美女，趕回封地無為一生。」他輕聲說，本是想向她說明理由，卻意外地帶出自己的怨憤。他做得再多、再好也沒有用！他只是一個臣子，若不安於招之即來揮之即去的命運，皇廷裡那雙與他血脈相連的父子，就只能讓他死。

月箏偎在他懷裡靜靜聽他說話，閉上眼，卻也能那麼清晰地看見此刻他眼裡的不甘和傷痛、看見了他血肉模糊的傷口、看見了他俊美面目上沾染的寒霜和硝煙，他的委屈便成了她的委屈，他的怨恨便成了她的怨恨。

「如果……是最壞的情況……」他的聲調穩了穩，變得有些冷漠。

「就算是最壞的情況，」她飛快地打斷，不願他說出什麼讓她心疼的話。「我陪著你！

無論是去什麼地方、過什麼樣的生活，我、我們的孩子，我們一家人都在一起！」

他的身體一僵，久久沒有再說話。

再次開口，他的嗓音有些沙啞。「如果……已經沒有我了呢？」

如果這個世界已經沒有了他？僅僅是這麼想一下，她就覺得呼吸都痛苦起來。她並不覺得萬一他被流放、圈禁是天塌地陷的災難，她剛剛還下定決心，無論遇到的是如何的困境，她都要每天笑著陪在他身邊，給他做飯、帶孩子……可她從沒想過，他會死，會不在了。

「月箏……」他抬起手來輕柔撫摸她背上披散的長髮，手指顫抖。「我……沒有選擇的，妳要知道，我沒有選擇。」

他的語調太過哀傷，一下子如長釘楔入她的心裡，她怕自己永遠也忘不掉這悲悽而無奈的哀嘆，永遠為這樣的鳳璘而痛苦。

「鳳璘！」她深吸一口氣，怨怪地抬頭瞪他一眼。「你自己都說福禍難料，怎麼盡想不好的！也可能……」她用「你知我知」的眼神看著鳳璘笑。「那……我就要生一大堆皇子公主！」

鳳璘也緩和了嚴峻的神情，和她一起笑了，聽到她的最後一句話卻深了眼神，抬手捂住了她的嘴巴。

月箏以為他太過謹慎，不願她說這樣犯忌的話，拉開他的手，頑皮地眨著眼。「再不說啦！」頓了頓，嘿嘿一笑，補充說：「我只在心裡想。」

本想逗他高興的，她感覺得出，鳳璘聽了這話，眼睛裡那種螫得她發疼的複雜眼神更濃重了。難道他要她想都不能想？不至於吧……

他坐在桌案後面吃藥的時候，她趴在一邊托腮看，十分擔憂。「這藥行不行啊？萬一將來想生的時候也生不出來怎麼辦哪？」

鳳璘嘴裡含著藥丸正要喝水，瞪了她一眼，哭笑不得。

她站直了，一手插腰一手故作深沈的摸下巴，狐狸精一樣瞇眼打量他。「該不會剛才你說的都是假話，其實是想多撈幾個『開枝散葉』的人吧？」

鳳璘嚥下水，她壞壞的瞇著眼其實很媚人，他站起來一把抱起她往床榻上走，笑著點頭。「完全有可能。」

雪在夜半下大了，鵝毛一般落在窗紙上發出輕微的聲響，如極遠的地方傳來。珍貴的樂繡床帳遮不住濃甜春意，輕輕起伏，鳳璘的笑聲沾染了情慾特有的低沈，性感撩人。「今晚幹麼這麼主動？」

帳裡只傳出高高低低的沈吟，沒有回答。終於在他連著哼了幾聲之後才聽見媚媚的女聲說：「只許你深識遠慮，不許我未雨綢繆嗎？」

鳳璘笑起來。「好啊……妳要夜夜如此，皇上再賞下成百上千的美女都白費了。」

月箏嗯嗯了幾聲，室內一片靜寂。

「喂。」鳳璘沈聲輕喊了一下。「這就完了？再綢繆一次……」

京城來的美人們列隊步入王府正廳的時候，豐樂、北疆所有六品以上的屬官都被召來，偌大正廳花團錦簇，滿目錦繡。正座的豐疆王爺穿著白錦王袍，玉冠束髮，俊美冷毅，這一殿臣屬與他相比，不過是沙礫塵土。美人們偷偷向上觀望，都盼著自己能被他挑中留在身邊。

身穿樂繡絲袍披著雪白狐裘的王妃遲到了，她的神色有些倦怠，也沒戴正式的妃冠，淺綠色和芙蓉色碧璽鑲嵌成的玉釵點綴著絲緞般光亮的黑髮，聖潔的狐裘讓她額上的花鈿越發嬌豔，廳裡一片寂靜，連呼吸都輕微了。

臣屬們久聞王妃之名，今日才見到了，傳言中豔冠京華的美人，比他們想像中還要美。她的眼睛裡似乎只有王爺一個，說不上親和友善，但她的美麗太適合這種單純的傲然，越發讓人覺得她是無法企及的仙子。

從各地採選入宮的美女們都是一方絕豔，在姍姍來遲媚色撩人的豐疆王妃面前，竟都產生自慚形穢之感。

一直寒著臉的豐疆王爺伸出手，把她扶在身側，冷峻的面龐顯出淺淡的柔情，更讓人感覺到他的眷戀和憐惜。

鳳璘挨個兒細看階陛下的美人，月箏暗暗咬牙切齒，極小聲的嘟嘟囔囔。

鳳璘側臉看了她一眼，用僅他們倆能聽見的聲音問：「說什麼呢？」

月箏的怒氣爆發了，他繁複的王袍是不錯的遮擋，沒人能瞧見，也沒人敢瞧見她用力擰了豐疆王爺一把，鳳璘的身子一僵，臉色沈穩得很怪異。她小聲地從牙縫裡擠出說：「你就是故意不叫我，自己來看美女！等我睡醒了，都大勢底定。」

鳳璘聽了，仍舊保持著王者風儀，嘴角卻戲謔地挑起。「是妳自己『謀劃』得太累，本王不忍心叫醒妳。」

月箏悶悶，看他分配美人。

怪不得皇后娘娘又犯了小心眼，這批美女中當真有幾個算得上國色天香，月箏覺得她自己一個女人看了，心裡都癢癢的，更何況男人了。

鳳璘點了最漂亮的兩個美女的名字，一個叫駱嘉霖一個叫沈夢玥，月箏覺得心都提到嗓子眼了，幸好他說：「賞給豐疆都督。」

心咕咚落回原處，賞出去就好，這兩個真是妖孽啊，留在王府她會寢食難安的。等一下，豐疆都督……那不是月闕嗎？一下子賞了兩個，這不是要月闕的命嗎？她……她還沒嫂子呢！

站在第一排的四位都是姿容極其出眾的，鳳璘賞了月闕兩個，卻跳過另兩個，直接分後面幾排。月箏本還想因為月闕的事抱怨他幾聲，慢慢心又被死死攥住了，難道他看上的是留下的這兩個？

心事沈重看什麼都不順眼，男人們分雞分鴨似的瓜分著庭上這些如花似玉的少女們，讓她感到十分悲哀。女子的命運在男人們眼裡，和一件物品無異，送來給去，不喜歡了就隨意丟棄。少女們悲哀，她更悲哀！就算這次她能纏得鳳璘全數遣發，下次呢？

他還只是個豐疆王爺，如果他日得償所願，他富有四海，後宮佳麗三千，若說她能獨寵一生，那也是絕不可能的。

鳳璘用眼角看著她越來越低垂的小腦袋，輕輕一笑，下令得到封賞的臣屬們退下。留在廳裡的兩個美女有些雀躍難耐，以為王爺看中了她們。

月箏面無表情，如果這是無法避免的命運，鳳璘留下誰又有什麼分別。

「呂雯君……賞給雲騎校尉容子期；柳含青賞給昭武校尉衛皓。」

月箏目瞪口呆，他沒留下美人倒不怎麼驚訝，怎麼會賞了一個給衛皓呢？她突然吸了口氣，這人太奸詐了，他分明是蓄意報復香蘭！

回房洗去一身疲憊，月箏坐在床前慢慢編結情絲，雖然未來難料，這次……也算他一功吧，畢竟他還是遣去了所有美女。

「幹什麼呢？」鳳璘走到身後她才發覺，她向他一笑，細細說了情絲的來歷。

「打滿十八個就學不老術？要不要我突擊一下，多做幾件令妳感動的事啊？」鳳璘笑著把情絲接過來細看，心下惋惜，謝涵白空有天人之資，卻無濟世之心，淨發明這些奇巧無用的東西。月箏拿「慧劍」給他看，鳳璘用這把小剪子去剪防身匕首的刃，愣是剪出一個豁口。

「就知道你沒什麼風雅情意了！」月箏又橫眉豎目。「你八成在琢磨，想用這種材料打造兵器。」

鳳璘一笑。

「這次回京，你陪我回師父那兒吧，我們跟他要配方。」月箏其實也覺得這麼好的東西被師父糟蹋了。

「妳師父……還是算了。」鳳璘不以為然地挑眉。「勝敗得失也不是靠神兵利器就能決定的。」

月箏好笑，他還在記恨師父不肯來陣前助他吧？

「這次打結是為什麼？」鳳璘靠過來，笑看她的眼睛，揶揄道：「難道是因為我給妳做了件罕世皮裘？」

月箏氣結，恨恨說：「對呀，對呀！」被他氣得什麼都想起來了。「你幹麼心眼那麼壞？賞我哥兩個美女讓他左右為難就算了，好好的賞衛皓一個幹什麼呢?!」

鳳璘笑了，無辜地眨了下眼。「容子期也有分，我總不能厚此薄彼吧！」

「你就是報復！」月箏發橫。

鳳璘好笑地看著她氣鼓鼓的俏臉。「看著吧，妳不總抱怨香蘭淨看妳的好戲，這回也該輪到她演一齣了吧？說不定她還要感謝我。」

月箏懷疑地看著他，半信半疑。

第三十四章　螢火晶蓮

難得早上鳳璘醒來後沒有立刻起身，懶在床上微微含笑。

月箏撇嘴瞪他，太明顯了，他是留下看香蘭熱鬧的，估計這段時間被香蘭冷嘲熱諷，也悶了一肚子火。

香蘭今天意外親自端水進來，小丫鬟們跟在她後面臉色怯怯，顯然被她遷怒罵過。

月箏坐起身，伸著脖子等洗臉，香蘭重重地把盆子頓在方凳上，濺起的水花迸了月箏一臉，連眼睛都眯了。

鳳璘輕輕噗哧一笑，趕緊起來用毛巾給月箏擦眼睛。

香蘭沒好氣地冷哼一聲，轉身在小丫鬟們驚恐的眼神中憤然離去。

月箏梳洗完畢親自給鳳璘梳頭戴冠，房間裡就剩他們兩個，她忍不住用梳子敲了敲他的頭。「看吧，她把這筆帳記我頭上了！」鳳璘輕笑出聲，月箏嘴角向下拉，這回他可什麼仇都報了。「你打算怎麼辦啊？」月箏認真地問，她當然不希望香蘭和衛皓真的因此而決裂。

「不是我要怎麼辦，」鳳璘還是笑呵呵的。「是衛皓要怎麼辦。」

月箏沈默，為他戴好玉冠，不得不承認他說得很對，如果衛皓對香蘭無意，安然收下美人，香蘭再鬧騰也是白費。

鳳璘去前面辦公，月箏也不敢叫香蘭來，生怕耽誤她的「正事」。悶悶地看了會兒書，索然無味，這個時候就格外想念月闕，不知道他現在是不是被兩個大美人迷得神魂顛倒，都想不起還有她這麼個妹妹了。

不久香蘭倒自己笑嘻嘻地來了，左手被布條吊在脖子上，人卻很開心。

「手怎麼了？」月箏放下書，細細看，打了夾板，好像還頗嚴重。

「骨頭裂了吧。」香蘭滿不在乎地說，隨即皺眉，抱怨也很甜蜜。「都怪衛皓。」

「衛皓打妳了？」月箏氣急敗壞地跳下床，一副準備衝出去伸冤理論的樣子。

「沒，我打他的，結果自己手斷了。」

「啊？」月箏愣了一會兒，呆呆地坐回床邊，香蘭是用了多大勁兒去毆打衛皓啊？

「他把那女的退給王爺啦！」香蘭興高采烈。

「哦，哦。」月箏點頭，隨即笑起來。「我是不是要給妳置辦嫁妝啦？」

「倒還不急著讓妳破費。」香蘭悻悻。「衛皓說現在還不是娶妻成家的時候，怎麼也得等這次進京回來吧。」

月箏點了點頭。

鳳璘回來的時候，看見她正歪在美人榻上出神，雙眉微蹙。「怎麼了？」他走過去摩挲了一下她的臉頰。「香蘭制伏了衛皓，妳怎麼還這副表情？」他揶揄地說，今天早早回來，還以為會看見她搖頭擺尾地跑出來向他顯擺。

月箏站起來偎入他懷裡，輕輕環著他的腰。「鳳璘，我真羨慕香蘭。如果將來我暴打你一頓，你就能不要其他女子嗎？」

鳳璘也摟住她，輕聲一笑。「真是個傻瓜。」

她也覺得自己是個傻瓜，在他懷中閉起眼，享受此刻的甜蜜，將來的事她何必早早憂心，至少現在她是如此幸福。

日子過得特別快，五月眨眼就到來，月箏坐在華貴的馬車裡遙望著京城的門樓，心裡說不出的滋味。

當初的梁王府已經重新修繕過，鳳璘如今已經是親王，按照儀制，皇上又把周圍大片的土地撥劃給他，新修的圍牆十分惹眼，是京城裡占地最大的王府。月箏望著圍牆裡的荒蕪，不由得冷笑，所有的榮耀優待都顯得那麼虛假，只要天下百姓看見了他這個父皇是如何「寵愛」這個兒子的就好，這「父愛」真是讓人傷感。

回來的第一天就要入宮覲見，順乾帝的和顏悅色、孫皇后的冷漠相對都在意料之中，月箏耐著性子循規蹈矩，一上午不停地跪下起身，折騰得她頭昏腦脹。

鳳璘被皇上留下問話，大概要細說豐疆軍情。太監引著月箏先去東宮，如今鳳珣監國，來東宮奏事的官員絡繹不絕，月箏被領著向後殿走，太監很殷勤地小聲對她說太子妃和兩位良娣早早就在後殿等她。月箏頓時起了一身雞皮疙瘩，頗有去狼窩赴鴻門宴的感覺。

剛轉過甬道拐角，樹下一抹刺眼的黃色，月箏嚇了一跳，以為皇上跑到這裡來了，再細一瞧，竟是鳳珣。她暗暗一笑，是了，如今的鳳珣離皇位只差半步了，連服色都換了。他面無表情地站在樹下，似乎在觀賞圃裡開得正好的花兒，月箏偷眼瞥了瞥他冷漠的神色，心裡一凜，這真是小時候和她一起遊戲淘氣，對她言聽計從的太子殿下嗎？這個男人真的跑到她的新房來說著對她餘情未了？她覺得他像是變了個人，疏離陌生得她竟然認不出他。那些關於他的記憶，一下子都虛浮起來，她覺得也許是自己作的亂夢被糊塗地當成了回憶。

對他的感受十分複雜，鳳璘衝殺在前，他在京中撿便宜的時候，她恨他。想起小時候的種種，她又覺得自己包藏禍心，蓄意害他，有些自鄙和不忍。

他身邊只帶了一個太監，那年輕的太監想是太子身邊的紅人，引著月箏來的太監在他面前諂媚地矮了半截。月箏不好意思盯著鳳珣看，不由得瞧了那太監幾眼，覺得他十分眼熟。

「原小姐……豐疆王妃，一向可好？」那太監衝她一笑，月箏才確定他就是當年的小香子。心裡實在感慨，看著小香子總管的服色，當初的玩伴，現在全都如此陌生。香公公對引月箏來的太監小聲說了什麼，太監連連點頭，兩人快步向後殿去了。月箏就被晾在那兒，鳳珣的眼神轉過來，肆無忌憚地停在她臉上。

月箏覺得自己臉上的肉都要跳起來了，她真不知道該做什麼樣的表情。換一個男人這麼直勾勾地看她，她絕對早急了。她正打算趕緊問個好，逃去後殿，真怕鳳珣胡言亂語。若說鳳珣對她戀戀不忘，她倒還沒這麼自戀，如今鳳璘勢大，鳳珣那口沒遮攔、說話又不過腦子的脾氣再犯了，對她說出什麼不靠譜的話，真是想忘都忘不了，什麼時候想起什麼時候噁心。最好就是別聽他說！

「月箏。」沒等她開口，鳳珣卻先沈著嗓子說話了，那一本正經的語氣讓月箏安了點兒心，也是，人家現在都監國了，不會再像原來那麼莽撞直白了。

「太子殿下。」月箏對他恪盡禮數地福了福。

鳳珣愣了一下，眼睛裡泛起譏諷和苦澀。「用得著這麼生分嗎？即使妳不再是當初的原月箏，也是我的……弟妹。」

月箏垂著頭，沒再抬起，總覺得氣氛有點兒怪異，還是早走為妙。

「聽說，鳳璘對妳很好。豐疆王疼老婆，京城也都傳遍了。」鳳珣笑了笑，閒話家常。

月箏傻笑了兩聲。「是嗎？太子殿下……我……」她想告辭。

「我的想法沒有改變！」他突兀地提高了聲音，打斷了她的話。「小時候我想鑄金屋，不過就是為了載下一個妳！」手一抬，劃過東宮華麗殿宇。

月箏皺眉恨聲說：「又瘋了！你又瘋了！」她就不該相信他，還是這副德行！「那邊後殿裡的兩個女人肚子裡都揣著你的孩子呢，還『就是為了載下一個我』?!」

被她這樣一譏諷，鳳珣反而笑了，這才是原月箏，天底下誰還敢與當朝太子這麼說話？

「算了，現在說什麼妳也不懂。」鳳珣又擺出威嚴。「將來，我是不會讓妳吃苦的。」

他別有涵義的後半句話讓月箏一凜，看來……皇上最終的想法還是除去鳳璘？必定是有了周密的計劃，所以鳳珣才說得這麼胸有成竹。此次來京城……還真是凶多吉少！

腳步聲異乎尋常的沈重，都有些刻意提醒的意味了。

月箏心煩意亂也沒注意，鳳珣卻看見父皇和鳳璘都面帶微笑地轉過拐角，鳳珣頓時起了一身冷汗，不知道剛才的對話他們聽去了多少？他略顯慌張地察看父皇和鳳璘的臉色，都是一臉莫測高深的笑容，或許……他們什麼都沒聽見？

「在等我？」鳳璘走過來拉起月箏的手，也不避諱父兄。

月箏胡亂給皇上問了下安，今天的覲見算是被鳳珣全毀了。

因為皇上也跟著來了，太子的內眷對豐疆王夫婦格外禮遇，蕫良娣就算因為爹爹記恨在心，臉色也不敢太難看。

上過茶，鳳珣突然冷聲說：「鳳璘，我這良娣的父親原為豐疆的屬官，被你羈押入獄，能否看在我的面子上，釋放他回原籍，度了殘年？」

順乾帝端起茶，暗暗著惱，鳳珣今日像是鬼迷心竅，真的快成扶不起的爛泥了！剛才那些昏話他還沒來得及斥責他，竟然又為這些芝麻綠豆的小事來觸怒鳳璘！

蕫良娣一臉感激，看向鳳珣的眼光滿含情意。月箏心裡不知怎麼竟會一酸，鳳珣當著父皇這麼說，是想讓鳳璘無法推諉，想來是蕫良娣暗中求他為父親脫罪的。能在這個當口，仍為蕫良娣達成心願……易地而處，鳳璘，是絕對不會的。

鳳璘一笑，看不出情緒。「太子言重了，本王怪罪蕫含彥，是因為他大敵當前只顧私利，明知大軍冬糧匱乏，仍囤積千石糧食獨善其身，置朝廷大義於不顧。既然太子開口，薑含彥又是薑良娣的父親，本王自然也不好再枉顧情面，回頭釋放他返鄉就是。」

一番話說得鳳珣面有愧色，再沒說話。

回王府的馬車上，月箏心事沈重，覺得都快要窒息了。「皇上和你說什麼了？」她問同樣沈默的鳳璘。

鳳璘極為嘲諷的一笑。「還能說什麼？讓我交出豐疆兵權。」

「今天就說了？」月箏忿忿，這也太急不可待了，回京還沒把宅子住熱乎呢。「讓交給誰？」這個她倒是很關心，誰都好，千萬別給鳳珣。她發現他進步不大，真是枉費他父皇母后為他苦心謀劃。讓他掌了重兵，說不定哪天腦子一熱，就幹出什麼蠢事來了。

「讓交給……杜尚書。」鳳璘似乎不願多談，說了這句話後就悶不吭聲了。

杜尚書？杜絲雨的爹爹？

月箏心頭一擰，皇上也真是機關算盡了，因為杜絲雨的事，杜家對鳳璘有說不出的怨懟，要不是他，杜絲雨就是太子妃了。皇上讓杜家接管鳳璘的兵權，那真是萬無一失。

皇家的親情，真是令人可笑可悲，她不由得搖頭嘆氣。

「我這已經算走運的。」聽月箏嘆氣，鳳璘冷笑一聲。「猛邑二皇子登基，做的第一件事就是殺戮貶黜宗室諸王。」

月箏一凜，脫口問：「雋祁怎麼樣了？」回到內東關後，她怕鳳璘多心，從沒提起過雋祁。

「他，」鳳璘頓了頓，黑眸掠過一絲不豫。「他是個聰明人，很懂審時度勢。命保住了，被流放到猛邑極北。」

「猛邑極北？」月箏倒吸了口氣，光聽名字就是苦寒貧瘠的地方。「他……永遠就在那裡了？」她實在不願相信。

「成王敗寇。」鳳璘抿了抿嘴，有些冷洌地說。「陪妳回娘家？」他似乎也不想再和她討論這個沈重的話題了。

「好……好啊。」月箏強作笑顏，和鳳璘談起雋祁怎麼都有些彆扭。「真想爹娘。」她看著窗外，京城的街道還是那麼喧鬧繁華，她的心卻沈入一片冷寂。

「我想……過幾天讓岳父母去內東關看望月闕。」他沈聲說。

月箏的笑容一下子凝在臉上，連爹娘都要避走北疆？看來這次比她想像中還要凶險。皇上和鳳珣的態度似乎讓鳳璘更加擔憂，才臨時做了這樣的安排。在北疆的時候，她也想過接父母來，又怕孫皇后見縫插針說這是鳳璘欲起兵自立的徵兆。

她伸手去握鳳璘的手，無論成敗，她都陪著他。鳳璘側過臉來看她，她眼中的情意讓他的心驟然掣痛。

為了皇上的壽誕，各王府都精心準備賀禮，除了珍奇古玩，皇族內眷也紛紛排演了獻藝節目。太子妃身懷六甲還準備撫一曲萬壽賦，月箏也被安排獻萬壽舞。

皇后的懿旨傳到豐疆王府，月箏氣得跳腳，拉著鳳璘哭鬧抱怨，說皇后娘娘挾怨報復她。五月天氣炎熱，練舞痛苦萬分不說，萬壽舞還要穿得花裡胡哨，戴極長的水袖來回呼扇，好笑又滑稽。

鳳璘任由她在他懷裡扭來扭去撒嬌哭鬧，撫著她的長髮嘆氣道：「總不能讓太子妃跳萬壽舞吧？」

他的口氣讓月箏感到莫名其妙的壓抑，因為無奈交出兵權，鳳璘最近總是悶悶不樂，她千方百計撒嬌逗他，還是難得露個笑顏。入京後的一切早都在他的算計中，他不該如此頹唐萎靡。她有個自己都不願意去想的猜測，聽母親說，杜絲雨沒再許配人家，移居到城外的慧慈庵禮佛。雖然以鳳璘目前的處境，和杜絲雨再續前緣的可能幾乎沒有，甚至她都不擔心他私下去見絲雨，那不是擺明讓皇上皇后知道他在拉攏杜家嗎？但是將來……鳳璘夙願得償，絲雨又未嫁，他不是存了那份心思，才總是用那種像痛苦又像下什麼狠心似的眼神莫名其妙地看她吧？

幾次想說，但鳳璘現在進退維谷，她不忍為他再添煩憂，終於還是把話埋在心底。

來教她跳舞的是宮裡的舞師，舞藝極精，人稱席大家。

月箏在她手裡吃足了苦頭，這才感念師父當初對她是多麼寬容。席大家教過不少公主王妃習舞，嚴厲到月箏覺得她藐視皇權的地步。手裡那根鯨骨教鞭讓月箏聞風喪膽，稍有懈怠就一鞭抽來，絕對是皇后娘娘派來尋仇的。

鳳璘也來旁觀陪練過，月箏以為當著王爺席大家總會網開一面吧，沒想到她比往日更加嚴格，那小鞭子唰唰揮得鳳璘都看不下去。

鳳璘赴宴遊樂總帶著月箏，京城官宦都覺得豐疆王愛妻成癡。只有他倆自己明白，這是為了讓月箏逃避席大家的管教。剛樂了沒兩天，席大家就捧著皇后命豐疆王妃獻舞的懿旨，長跪在鳳璘和月箏的臥房外，高聲說如果王妃的萬壽舞在千秋節上出現紕漏，她只能以死謝罪。

鳳璘坐在屋裡皺眉聽，抱著月箏搖頭嘆息，表示他也沒轍了。

月箏眼淚汪汪地被席大家帶走了，從此也就死了心。

天天一身汗，她懷念起娘家那個小池，如果被折騰一天後能在那池子裡泡個清涼的澡、游下泳就好了。

鳳璘聽了她的叨唸，微微一笑。「那有何難？」他眨巴眨巴眼睛。「我有個主意，能讓妳從席大家手中逃離幾天。」

「真的啊？」月箏都要哭了。

鳳璘抿唇而笑，有幾分落寞。「我現在閒人一個，父皇又賞下不少銀錢，不揮霍一下還真說不過去。」

鳳璘親自向席大家給月箏討假，說王府要小做改建，要送月箏回娘家小住幾天，等改建完畢再回來繼續練習。席大家完全不理會，一鞭鞭抽著月箏，倨傲地讓王爺：「自去改建。」

月箏愁眉苦臉，萬念俱灰地看著鳳璘離去，剛想絕望，突然就來了一、兩百名工匠，在她們練舞的花廳前動工挖池，整個後院暴土揚煙。席大家是宮裡的舞師，最講究防嫌氣派，舞也顧不上教了，催促著侍女遮擋簾幕，萬不可讓工匠看見內眷一絲裙裾。

視線可以擋住，漫天灰塵如何遮蔽？席大家終於忿忿而去，鳳璘當著她的面扶月箏上了回娘家的馬車。

在家住了三天，月箏睡得昏天暗地，被席大家折騰掉的半條命也回來了。鳳璘似乎非常忙碌，三天裡沒來看她一次，月箏天大坐立不安，原夫人都煩了，對她說：「妳還是回去吧，看著妳，我頭疼。」

回了王府直奔後院，漢白玉鋪砌的大池已經修建完畢，只是雕著花型的水口並沒放水，周圍一個工匠也看不見，月箏十分失望，也無心讚嘆這奢華的大池。四下尋覓鳳璘的蹤影，出了後院，接近後門的一排廂房中傳來叮叮的斧鑿聲，在寂靜炎熱的下午十分明晰。月箏跑去看，果然見鳳璘和幾個工匠一起忙著雕琢著什麼。她笑咪咪地湊過去看鳳璘在忙什麼。

「怎麼回來了？」鳳璘刻意掩飾，把手上的物件交給旁邊的工匠，工匠們心領神會，用薄薄的絲布蓋住成品。

月箏不滿，噘起嘴巴，對她用得著這麼神秘嗎？鳳璘一笑，用滿是灰土的手指掐了掐她的臉蛋。「晚上給妳個驚喜。」

晚上……驚喜……她不由得紅了臉，三天沒見，是挺想他的。

看著她怪異的臉色，鳳璘哈哈大笑，心情格外好似的，抱起她往臥室走，在她耳邊揶揄地說：「妳想什麼呢？還臉紅，妳想要的『驚喜』我現在就給妳，不用到晚上的。」

被他的好心情感染，她故意白了他一眼，多少天了，沒看見他這樣的笑顏。「淫邪！」他眼中的急切她很喜歡，她想念他的時候，他也在想念著她。

「真是倒打一耙。」他笑著瞪她。

纏綿到傍晚，月箏疲累地昏昏睡去，直到月掛中天才醒了過來。

鳳璘坐在床邊默默地看她，見她醒了，才露出一絲笑容。「走，我帶妳去一個地方。」

月箏慵懶地笑了笑，還不就是那座大池子，他幹麼還弄得這麼神秘，好像她沒看過似的。

起身要穿衣裙，被鳳璘笑著抱起。「就穿這個去吧，沒人。」

月箏想想也對，池子就在臥室後面的大花園裡。

遠遠的，她以為是螢火蟲……明明滅滅，宛如繁星。

更近了些，那螢火的顏色居然是紫色？

到了池邊，她驚訝地張大了嘴巴，清澈見底的浩浩大池裡竟開滿了紫色螢光的蓮花！鳳璘笑著把她放入水中，她急不可待地拽過一朵——用紫晶雕琢的蓮花放在羽毛織就的假荷葉上，雙手才能捧起的晶蓮雕工極其細膩，逼真的蓮瓣渾然一體，不露斧鑿痕跡。每個花瓣中間有小小的空隙，裡面用上好的油液浸泡著極亮的熒粉，水波一動，蓮瓣的光亮也跟著搖曳流動。這一池數十朵晶蓮，紫光幽幽，美不勝收。

「太……太……美了……」月箏都結巴了，她好像在仙境裡沐浴一樣。

「這裡面是熒珠的粉屑，光亮百年不減的。」鳳璘也下了水，拿起一朵蓮花凝目注視。「這池叫邀月池，每朵蓮花下面都刻著妳的名字。」鳳璘低低地說，夜色波光裡聽上去有些落寞。

月箏看著蓮花下她的名字，感動得想要流淚，是他親自刻上去的吧。他對她這麼好，她卻還在懷疑他……真是不應該。「為什麼全是紫色啊？」她有些語無倫次，突然就冒出這麼一句。

鳳璘把晶蓮放回蓮葉，一推，碩大的蓮葉載著流光溢彩的晶蓮起起伏伏地漂遠了。「聽說，只有紫色的螢火能穿越一切，甚至陰陽。」

月箏搖頭。「大晚上說這個，嚇人。」

鳳璘一凜，似乎回過神來，挑了下嘴角，不再說話。

月箏在水裡盡情地玩了一會兒。「真是可惜！這個池子修在京城的王府。鳳璘，回了豐疆也給我修一個吧，」她游過來，摟著鳳璘的脖子撒嬌。「我要把這些晶蓮全拿回去。」

鳳璘的黑瞳一深，半晌才說：「好……」

第三十五章　泉邊險勝

鳳璘站在窗邊，享受清晨清涼的微風，月箏躺在床上偷瞄了一眼他的背影，大概弄出了響動，鳳璘微微回過頭來看，月箏趕緊閉上眼繼續裝睡。

鳳璘笑了笑，緩步走到床邊坐下。「別裝了，起來吧。」

月箏被揭穿，有點兒不好意思，亡羊補牢地睜開迷茫大眼假裝睡眼惺忪。「你先吃早飯吧，今天不是還有重要公事嗎？不用等我了。」她說得極其自然，卻被鳳璘洞悉一切的微笑注視打斷。

「我再睡一會兒！」明顯被他看透，她乾脆耍賴，翻個身誓不起床。

「一會兒席大家又要手捧懿旨在外面尋死了。」鳳璘笑出聲，俯下身，把她圈在雙臂之間。

「真那麼難吃嗎？不就一粒補藥丸子而已。」

「就是難吃！吃完還難受！肚子裡像有個火團在燒，喝多少水也沒用。現在天氣這麼熱，我太難受了……」月箏開始說得慷慨激昂，見鳳璘滿臉心疼歉然，立刻變本加厲地假哭起來，摟著他的脖子哀哀請求。「秋冬再吃吧！哪有夏天進補的呀？」

鳳璘凝視著她，幽黑的眼瞳深處有抹悽楚，他的口氣摻入了嬌寵，有點兒像哄小孩。「箏兒，妳身子弱，元氣又虧，必須現在就開始將養。」

月箏一聽他不讓步又不幹了。「你夏天吃老參靈芝試試！活活會被烤死的！」

「聽話。」他瞪了她一眼，抱她起身。「妳不是……還想要孩子嗎？那就好好吃這補藥，秋天……還有秋天的補法。」這話倒是說進月箏心坎，嘴噘了半天高，還是乖乖喝了碗粥，勉為其難地把藥丸吃了。

剛放下茶杯，鼻頭一酸，月箏用手一摸，果然流鼻血了。「你看！你看！」她眼淚汪汪，委屈不已。

鳳璘眉頭緊皺，趕緊起身拿帕子要給她擦。

月箏連連搖頭，用手護住口鼻。「別擦，我要給席大家看。」

鳳璘苦笑著瞪了她一眼。「都這時候了，還惦記裝病呢。擦了吧，今天席大家有事，說了不來的。」

月箏立刻喜形於色，接過他遞來的帕子擦鼻血，想想又不對了。「那你剛才不讓我睡懶覺，還說她會在外面尋死。」

鳳璘伸手拿帕子替她擦沒擦乾淨的地方，很大度地說：「吃了藥，隨便妳睡一整天。」

月箏咬牙切齒地瞪著他志得意滿地走出去，又氣憤又愜意地躺回床上，一想今天不用見到席大家就覺得是過年了。

鳳璘逼她吃的藥丸都是些極補的藥材，夏天尤其會覺得燥熱難耐，月箏乾脆拿了套裡衣，直奔邀月池，清涼的池水泡著她都不願意出來。本想泡一會兒，太陽變烈了就回來，邀月池邊的幾株大樹遮出一片蔭涼，太舒服了，她居然睡了一小覺。

「王妃，王妃！」半醒不醒的時候突然聽見席大家的聲音，月箏簡直是一個激靈醒徹底了。

席大家神色凜然地站在她身邊的池岸上，傲兀地俯視著她。「王妃，妳果然在這裡玩樂。」席大家用「我就知道妳裝病」的銳利眼神扎著月箏，弄得月箏莫名其妙，今天有事的是她自己吧，怎麼又搞得她像罪人一樣了?!剛想高聲申辯幾句，席大家沒給她機會，很莊重地宣佈著皇后娘娘的口諭。「雖然王爺已經說妳身體欠佳，今日不便入宮飲宴，但此次宴聚京中內眷到者甚眾，皇后娘娘請妳務必堅持參加。」

月箏被弄得一頭霧水，鳳璘只說今日有事，晚上回來得遲些，完全沒提今天宮裡設宴的事情啊。

月箏的茫然似乎印證了席大家的什麼猜測，她微微一笑，口氣異樣地說：「今日杜尚書家的小姐絲雨也從城外庵堂入宮赴宴了，皇后娘娘還很期待妳和她合奏一曲呢。」

從打扮到登上馬車，月箏都很沈默，鳳璘故意不讓她去，是因為杜絲雨嗎？其實她知道，鳳璘對絲雨有深重的愧疚，絲雨現在落到這步田地，他尤其不願意和她出雙入對的出現在絲雨面前，這她都能理解。可她受不了他刻意的隱瞞，像被欺騙了！

她絕不相信……鳳璘是為了單獨見絲雨才刻意留她在家。

香蘭不明就裡，一路嘮叨，想不明白為什麼席老太今天這麼得意洋洋的。

進了宮，席大家和月箏打了個招呼就不見了。月箏和香蘭走沒幾步就聽見設宴的錦華殿上笙歌陣陣，笑語喧闐。月箏停下，香蘭被太陽曬得兩眼發花，半攙半拖地把月箏拉到樹蔭下。「妳又怎麼了？」看小姐的臉色就知道有事，一路她叨唸席大家，小姐都沒跟著抱怨，她就覺得不對勁兒了。

「沒事。」月箏深吸一口氣，繼續向錦華殿走去，雖然她非常想躲在暗處偷偷窺看鳳璘和絲雨的舉動，但皇后娘娘一定派了不知道多少條眼線等著看她和鳳璘、絲雨的笑話，就算……她也不想鳳璘被皇后娘娘嘲笑刻薄。

因為宴席已經開始，太監並沒高聲宣佈豐疆王妃的到來，只是引她向皇后請過安，說了晚來的藉口，虛虛向左近的誥命打過招呼，便被帶到離皇后的主桌不遠不近的席案。桌上設著兩副碗筷，酒菜也略動了幾樣，顯然鳳璘坐這裡，可他不在……月箏忍不住搜尋著杜家的桌席，杜夫人也正冷冷看她，月箏不免被螫了一下，笑容生硬地點首為禮。

杜夫人態度雖不友善，禮儀卻極為周到，深深垂頭半福回禮。

廳中的歌舞正精彩，無人注意到月箏的神色，月箏強迫自己微笑著觀賞了一會兒，才要求宮女引她去更衣用的後殿。皇后娘娘和杜夫人都看了她一眼，月箏假裝沒有察覺，陪她去的宮女竟然有四個之多，皇后娘娘也不怕她被盯得太緊，放棄去抓鳳璘和絲雨的幽會？

馬桶循例放在屏風後面，宮女們都在雕花隔欄外守候，月箏不用看都能想像出她們眼巴巴盯著屏風，生怕她跑了的樣子。月箏輕輕掀開窗紗，無聲無息地翻出窗戶，要不是心情太酸澀了，肯定要得意地笑幾聲。

錦華殿後便是錦華泉，是太液池的源頭之一，泉池邊草木蔥蘢，月箏輕手輕腳地穿行在樹蔭花叢間，終於在繁花深處看見了鳳璘和絲雨。

他們……站在一起的時候仍然那麼賞心悅目，月箏看不見鳳璘的神色，只看見絲雨在哭，她的聲音有些尖，月箏斷斷續續地聽見她哽咽地說：「……你到底還是捨不得？」

鳳璘的脊背挺得很直，久久沒有回答絲雨的話。

絲雨淚眼斑駁地抬眼望他，黑黑的瞳仁被淚水氤氳得柔情萬種，這樣的眼神就連月箏看了，心也被重重一擰。被迫寄宿庵堂，飽受家族譴責，絲雨一定也受盡煎熬，她的蒼白憔悴令人生憐，比起以前，那種從骨子裡散發出來的哀怨，讓過去如明月嬌花的她像被籠上一層黑紗，讓人看了心裡發沈。

鳳璘的沈默讓杜絲雨的神色一凜，咬了咬嘴唇，一向羞澀的她竟撲進鳳璘的懷裡，捧住他的雙頰吻了上去。

月箏緊緊揪著胸前的衣服，差一點就跳起來衝去阻止他們，但是……鳳璘側開了頭，於是月箏看見了他的神情，痛苦卻依然決絕。

杜絲雨的眼睛空洞地睜大了，雙手還捧著鳳璘的臉頰忘記放下，她絕沒想到鳳璘會躲閃她鼓足勇氣才獻出的吻。鳳璘咬了下牙，側臉因為堅毅的神情而更加俊美，他拉下杜絲雨的手，握在自己手心裡，雖然這種珍惜的姿態讓月箏心裡大發醋意，看在他躲閃了杜絲雨的獻吻，還能勉強抑制得住。

「絲雨……」

月箏愣住了，真是奇怪，聽他這樣喊杜絲雨的名字……比看見他接受了她的吻還難受。就像心瞬間被刺了一刀，他怎麼能用這樣的語氣喊她的名字呢？

「絲雨……」他還是沒鬆開杜絲雨的手，頭已經轉回去，想來正注視著她。「我能給她的……實在太少，而她給我的實在太多！妳……能明白的，是不是？」

杜絲雨的眼神不斷黯淡，終於垂下長睫，遮住了一切情緒。「是的，我明白。」她又恢復了平日的乖巧溫順。「你打算怎麼安排她……」

腳步聲匆匆而來，幾個人分花拂柳，還有一個小丫鬟十分刻意地高聲說：「我們家小姐就該在附近啊，說熱了，來這兒透透氣。」

杜絲雨和鳳璘的神色都起了些微變化，杜絲雨焦急地看了鳳璘一眼，似乎催促他快快躲開，鳳璘輕輕搖了下頭，沒動，那幾個人來得太快，躲不及了。

為首的是皇后娘娘身邊的宮女梅芳，眉眼間盡帶諷意，瞧見了杜絲雨和鳳璘沒有立刻上前請安，反而別有用意地抿嘴一笑，說了聲：「果然在這裡。」

來的幾人裡宮女和杜家丫鬟參半，月箏明白，肯定是皇后娘娘和杜夫人發現她跑了，立刻派人出來，皇后娘娘當然是唯恐不亂，杜夫人是不希望女兒受辱。

「哎呀，找不到。」月箏嘆了口氣，看在今天鳳璘表現不錯，她就仗義出手吧。

她這一出聲，把所有人都嚇了一跳，就連鳳璘的臉色都微微發了白，蹙起眉頭看從花叢裡站起身來的她。

「鳳璘，你的玉珮真掉在這裡了嗎？根本找不到！」月箏抱怨著從花叢裡走出來，挽住鳳璘的胳膊。她也知道自己很惡劣，明知這樣會讓絲雨更難受，仍想用這樣佔有的姿態挽著鳳璘。

鳳璘的幽瞳閃縮了一下，終於還是沒當著絲雨的面掙開月箏的手，淡然說：「找不到就算了，有什麼要緊。」

梅芳有些失望，皇后娘娘對杜家小姐憤憤於心，特意叫豐疆王妃來，期待著王妃能作出好戲羞辱羞辱她，沒想到竟是這麼個結果。「娘娘本想請杜小姐或者王妃撫琴一曲，卻找不到人，原來都在這裡啊。請快些回殿上吧。」梅芳笑容生硬。

杜絲雨嘴唇顫抖，婀娜先行，月箏以為她會忍不住偷偷流眼淚，沒想到擦身而過的時候，杜絲雨看她的那一眼讓她僵了一下。杜絲雨那眼神……是憐憫嗎？也不全是，酸楚和恨意自然是有的，可她憑什麼用可憐的眼神看她？獲勝的是她原月箏吧！

走在最後的鳳璘重重地握住她的手，月箏撇嘴回頭瞪了他一眼，這帳還是要記一筆的，拒絕了杜絲雨很好，知道她給他的實在多也很好，可說得好好的幹麼和人家拉手？還很餘情未了似地捧著人家的小手，這……這……簡直罪大惡極！

她的話全用臉色生動地表達清楚了，鳳璘看得皺眉一笑，搖了搖頭。

他還好意思苦笑？月箏危險地眯眼，已經與其他人拉開些距離，她抓著他的手就是不客氣的一口，咬死這隻不規矩的色手！

鳳璘沒想到她會出這麼幼稚的招數，出其不意地被咬得悶哼了一聲，梅芳等人立刻反應靈敏地停步回頭看，就連杜絲雨也眼神悽楚地轉回身，鳳璘面不改色地轉身背對她們，另一隻手摟住月箏的腰，俯下頭像在和她說悄悄話。

這種小夫妻的親密倒也不奇怪，梅芳洋洋得意地瞥了杜絲雨一眼，這個細節回頭告訴皇后娘娘，娘娘準高興。這個不識抬舉的杜小姐放著堂堂的太子妃不當，要去當人家的王妃，現在人家夫妻蜜裡調油，她自己卻無人可嫁，一輩子孤老的命，真是活該！

被咬了一口的鳳璘，心情倒是變好了，月箏雖然凶悍地一眼一眼瞪他，卻也終於順了一口氣。

雖然不太完美，她畢竟是終於險險的勝利了。

一眾人回到殿上，皇后娘娘有意為難絲雨，明知她情緒不佳，仍指名讓她彈奏。絲雨不好推辭，雖然表現平平，也算順利應付過去。

月箏無心聽曲，只一眼一眼地偷看鳳璘，生怕他往絲雨那兒看，還好，他只是默默飲酒，想心事似的眼都未抬。

月箏覺得今天可以原諒他了。

第三十六章　半夢半醒

月箏醒來，半趴在枕頭上看了看天色，已經大亮了，長長地嘆了口氣，今天好像要下雨，天陰陰的，本來就讓人發懶，一想到席大家就更覺得疲憊不堪。

鳳璘聽見她嘆氣，緩緩睜開眼睛，看著她淡淡一笑，不用問也知道她為什麼愁眉苦臉。

「還好，再過兩天就是千秋節了，再也不用看見席老太！」月箏咬牙切齒地笑了，自我安慰。

鳳璘沒說話，抬手慢慢輕撫她細滑的背脊，月箏被他弄得有點兒癢，嘻嘻笑著一躲，胸前的嬌軟在錦褥上隱隱浮現，說不出的嬌慵甜美。鳳璘默默地看著，幽亮的黑瞳泛起淡淡惆悵。

月箏解下手腕上的情絲，鳳璘為她修了邀月池就想打個結的，玩得太高興，又被席老太折磨得夠嗆，都忘記了。

鳳璘饒有興味地看著她編。「這是為什麼？」他輕笑著問。

「邀月池唄。」月箏盯著手裡的情絲，黑黑的瞳仁凝視的時候越發明媚誘人，鳳璘看著，忍不住在她的肩頭重重一吻，她又笑著躲，編好了一個，又開始編第二個。「這又是為什麼？」鳳璘翻身壓在她背上，他的長髮垂到她的肩上，與她的交纏在一起，他俯下頭，親了親她開始泛粉暈的俏顏。

「為……你在泉邊……拒絕了杜絲雨。」月箏被他撩撥得輕喘，話也說得斷斷續續。

止舔吻著她耳垂的鳳璘一僵，有些突兀地伸出一隻修長的手臂握住了她編結情絲的雙手，月箏嚇了一跳，感覺背上的那具身體驟然減了溫度。「教我怎麼編吧，我來編……」他也感覺到她的愕然，解釋般地笑了笑，從她身上退開，與她並排趴在榻上。

月箏不明白他為什麼突然停下，這個……也不好催促他繼續吧……她的臉紅了紅，為了不那麼難為情，把情絲塞給他，認真地講解編法。鳳璘算心靈手巧的，但那個結還是編得歪歪扭扭，月箏看著很不滿意，戴回手腕時心裡還是喜孜孜的，她故意板著臉說：「你還需要多努力，以後就讓你來編結吧。」

鳳璘的眼瞳不知為什麼，疼痛般閃縮了一下，有些沙啞地說：「好。」

「我今天打發走了席老太想回趟娘家，又好幾天沒去看爹娘。」月箏翻身起來，披了件薄衫，打算直接衝去邀月池梳洗。

鳳璘沒動，還躺在榻上看她穿衣。「妳先去，我忙完公事去接妳。」

「不用了吧。」月箏想了想。「我去去就回來的。」

鳳璘有些煩惱地皺起眉。「我送岳父母去內東關看月闕的事……父皇沒准。」

月箏錯愕地僵住，沒准?!照道理鳳璘堂堂一個親王，岳父告假探親根本無須請示皇上，只是目前情勢微妙，原家兩老如果貿然離開，反而更落口實。皇上沒准……這倒讓月箏極為心寒，已經防備鳳璘到這種地步了嗎？

練舞的時候月箏心思沈重，今天是席大家最後一次來指導，她都顧不得感到高興。以往雖知處境凶險，但萬事有鳳璘擔當，他也很少向她說起詳情，此番父母探親被拒，月箏才第一次深刻感到她與鳳璘身處怎樣的危急。

席大家走後，月箏讓香蘭帶著剛從豐樂送來的水果什物先回娘家。她想等鳳璘一起去，今天她覺得尤其脆弱無力，特別希望他陪在身邊。

時辰還早，鳳璘應該還忙，月箏心煩意亂，又泡進邀月池，想讓涼爽的池水洗去壓在她心頭的憂愁。

天終於下起小雨，綿綿雨霧中的邀月池顯得柔美沈靜，月箏拿了一片羽葉遮在頭上，懶懶散散地貼在池壁邊，心緒煩亂。

遠遠的，她看見鳳璘和一個男人向這裡走來，月箏有些意外，鳳璘怎麼會讓人進到他們的私園來？她把自己更深地沈入水中，只留腦袋方便呼吸，又牽了幾朵晶蓮來遮蔽，總不能讓外人看見渾身濕透的她吧。

鳳璘和那個男子在池邊站了好一會兒也沒說話，月箏躲在荷葉下都有點兒著急了，有話快說啊，說完快走！

「太子那邊的人……最後確認過了嗎？」鳳璘終於開了口，聲音低沈冷漠，又有些意興闌珊似的。

「是，萬無一失，他願意為王爺效死。給他妻兒的銀錢也都妥當了，就算受盡酷刑，他也誓不改口。」

月箏細細分辨這個男人的聲音，說陌生吧，好像又在哪兒聽到過。

「你……」鳳璘說著深深吸了口氣，沒有說下去。

「王爺，請抱持著王妃必死的決心，丹青明日才敢射出那枝箭！」男人說得異常鄭重。

鳳璘沒有說話。

男人也沈默了一會兒，終於澀然開口。「王爺，您臨時改變早就定好的計劃，杜將軍恐怕……」

鳳璘冷了語氣，似乎起了薄怒。「這是我的私事！我只要能履行對他的承諾，其餘的不容他置喙。」

男人似乎沒想到鳳璘的反應會這麼強烈，頓住沒再言語。鳳璘似乎也覺得自己有些失控，穩了下情緒，淡淡說：「你也易容進宮吧，生死存亡明天全看你了。」鳳璘似乎十分疲憊。

男人退下很久，鳳璘才緩步而去。

月箏沒動，淹沒到她下巴的池水讓她的心跳十分緩慢……她不知道自己想了多久，想得太入神了，竟一直傻傻地舉著荷葉，直到手指感到麻木冰涼。雙肩一鬆懈，失去知覺的手臂垂入水中，濺起一道水花。

沒了遮蔽，細雨淋濕了她的臉頰，睫毛抵擋不住，眼睛進了雨水，酸澀不堪。

早就定好的計劃……王妃必死……杜將軍……很多散亂的、她忽略的回憶慢慢連接起來。鳳璘說過很多她聽不明白的話，現在……她好像突然都懂了。

她早該想到，杜家是行伍世家守衛極其嚴密，皇城的護衛統領又是杜絲雨的哥哥，如果不是計劃好的，杜絲雨又怎能避開重重關卡進入集秀殿參選北疆王妃？

杜家和鳳璘，恐怕早在杜志安奉命駐守北疆的時候就達成了最秘密的盟約。鳳珣說過，鳳璘和絲雨就是那時情深互許的，鳳璘當時得到的……看來不只是杜絲雨的心。

能讓父親棄太子而支持鳳璘，杜絲雨給予鳳璘的也不僅僅是愛情。月箏看著水面自己的倒影，苦苦笑了，她曾以為只要對鳳璘捧出她最真摯的心就能擊敗杜絲雨，真是可笑了……杜絲雨能給鳳璘的，她再努力也給不起。

她還覺得皇上把豐疆的兵權交給杜家是機關算盡，現在想來，對鳳璘來說，一切都不過是按部就班。

明日壽誕上……為什麼死的人會是她呢？月箏頗為費心去想，想通了就更苦澀地佩服自己的丈夫。他不刺殺皇上，因為那樣等於幫鳳珣更快登基，他的目的是讓皇上相信太子急不可待地弒父篡位，所以要安排甘心效死的人在鳳珣身邊，誣陷太子入局。怪不得剛回京去東宮拜見太子內眷時，鳳璘要讓皇上聽見鳳珣的話才加重腳步，鳳珣對她的眷戀，可以讓她死得更無辜——鳳珣想殺的絕對不是她，而是自己的父皇。

即便皇上此次還是沒有罷黜太子，舉國皆知豐疆王寵愛妻子，豐疆王妃死於太子的篡位陰謀，豐疆王爺也有了天大的理由反戈一擊，多麼的有情有義！

杜絲雨嫁不成太子，哪裡是可悲的將要孤獨終老……她是在等著當鳳璘的皇后啊。所以，她才能那麼憐憫地看著她吧。月箏舔了下乾澀的嘴唇，太丟臉了，她還一副美滋滋大獲全勝的樣子向絲雨示威呢，在絲雨眼中，她這顆自以為是的棋子很可笑吧？

她現在才終於淋漓盡致地明白，當初在福安門邊的小花園裡，鳳璘隱忍地對絲雨說：「我選月箏，因為她合適。」

月箏眨了眨眼，凝結在睫毛尖端的雨水滴落下來，她……的確太合適，他對她所有的好，全都因為她合適為他去死！

天色陰沈，紫色的晶蓮微顯光芒，月箏癡癡地看，這些穿透陰陽的紫色，他做出來是打算在她死後偶爾想起她的時候，來見一見她不忍離去的精魂？是的，按他的計劃，她會癡癡愛戀他到生命的最後一刻，即便是死了，魂魄也會戀戀不捨。

愣愣地爬上岸，岸邊的薔薇花開得正好，她瞪著眼看，真好看……她忍不住抬手去摸那些嬌豔的花兒。她和他所有的情意，讓他在完美的計劃裡擅自改變了一點點，想留她一命？留她活著……又能如何呢？她再也不可能是他的妻子，因為「原月箏」已經死了。

她也終於明白了他說「今生不該相遇」的涵義。

如果宗政鳳璘遇見的不是她這麼執妄的原月箏，他大可以毫無煩惱地完成他的計劃。計劃裡，他連碰都不想碰那個女人，將來他面對杜絲雨的時候，深情而無愧。

偏偏，他遇見的是她這麼個愛戀他至深的愣頭兒青。她一廂情願地塞給他太多，多到他無法不報答，所以……他違背了與絲雨的誓言，泉邊的絲雨才那麼難過怨恨。她也讓他陷入了兩難，他說，她是他的劫難。

他，算是她的劫難嗎？

月箏緩慢地走向鳳璘正在等她的房間，只要有他的地方，她就覺得甜蜜而安全。此刻……還是嗎？

她停下，看著花影柳枝後的屋宇。不，她不覺得他是她的劫難！他帶給她的痛苦再多，也抵不過她感覺到的甜蜜，雖然這甜蜜是那麼自欺欺人。她如果沒有遇到他，就不會六年來孜孜想念，有心上人的少女原月箏，幸福而期待。如果沒有遇見他，她也不會戀慕成癡，時時嬌纏在丈夫身邊，受盡寵愛的王妃原月箏，滿足而驕傲。雖然相遇的代價沉重，她……仍不後悔。

衛皓從房間裡奏事出來，看見她渾身盡濕曲線畢露，趕緊低下頭，打算儘快走開。

「衛皓……」月箏叫住他，衛皓垂首站住。「你要對香蘭好一些。」

衛皓皺了下眉，以為香蘭又在她面前抱怨了什麼，抿了抿嘴角敷衍地行了下禮，匆匆走開。

鳳璘聽見她和衛皓的說話聲，出來看見這樣的她愣了一下，看了看天，雨並沒大到把她淋得這麼濕。「妳……沒回娘家？」他吸了口氣，眼中閃過一絲猶疑。

月箏去拉他的手，明知這溫暖虛幻，她仍忍不住想汲取靠近。「我想和你一起去。」她說得緩慢，因為「和他一起」這個說法讓她心如刀割。她以為今生什麼都能和他一起，生也好，死也罷……可是，他並不這麼打算。

「著涼了嗎？」他皺眉來摸她的額頭，轉身拿了巾帕和乾淨衣服，為她擦拭更衣。

「沒事。」她笑了笑。「快些出發吧，還趕得及和爹娘一起吃晚飯。」

馬車裡，她和他靠得那麼近，誰都沒有說話，安靜得讓她窒悶。她突然想把什麼都說出來，她委屈，她不甘！

月箏抬頭，千言萬語都湧到喉頭，她眼中的鳳璘茫然地看著窗外，濃長的睫毛投下一片暗影，讓他淒清深冥的眼眸格外憂慮悵然。月箏愣住了，她想起他悲涼地說：「如果沒有我了呢？」她想起他冷漠地說：「成王敗寇！」

鳳璘似乎察覺了她的目光，轉回臉來淡淡向她一笑。「到了。」

馬車在原府停下，月箏深深吸了一口氣，太多的情緒爭相翻湧在心裡，卻混成一片空白。他扶她下車的手，依舊堅定而溫柔，他握住就不曾放開，她的手小小的，被他全然包在掌心裡。月箏默默看著他的手，她能讓這雙手的主人滿含未酬的宏願憤憤而死嗎？她能讓這雙修長潔白的手，操持流放荒蠻的生活俗務嗎？

鳳璘見了岳父岳母，面有愧色，廳中無人才開口說：「此番不能去探望月闕，還請二老毋庸憂煩，鳳璘一定會再做妥善安排。」

原學士倒不以為意，還朗朗說道：「不妨，不妨。本應子女千里省視父母，不去也罷。」

鳳璘聽了，半晌無語以對，苦苦一笑。

原夫人也聽不下去丈夫的傻話，悻悻命人擺上晚飯。

月箏膩在母親身邊坐著，把頭靠著母親的肩膀。

原夫人皺眉。「這麼大人了，還撒嬌！」

月箏一笑，不知道以後還有沒有機會這樣依偎著母親。「娘……妳明天也會入宮赴宴嗎？」

「不會。」原夫人漠然一笑。「皇后娘娘並未下旨。」

月箏愣了下，不許遠走，也不許入宮赴宴，皇后娘娘對原家的憎惡已經不屑掩飾了。如有不測，原家也絕難倖免。

鳳璘敬了岳父一杯，聽岳母這樣一說，又皺起眉頭。「岳母，都是因為我……」

原夫人搖頭打斷了他的話。「事已至此，何必還說這話，自然是休戚與共。」

月箏在母親肩頭輕輕合眼，休戚與共……是啊，當初母親就對她說皇家風雲難測，不該是原家這樣的人家參與其中，她不聽，現在把父母也牽連在內，她自己……又如何能孑然抽身？

「不去也好，」她摟著母親的脖子撒嬌，呵呵笑道：「省得看我的傻樣子。」

鳳璘聽了，身子微微一震，若有所思地看著她。

入了夜才從娘家回了王府，到了內室屏退左右，鳳璘才摟過月箏，細細看她。「妳怎麼了？」

月箏把臉貼在他的胸口，和母親的肩膀一樣，這裡……她也留戀不捨。他說，她給他的已經太多，可是與絲雨相比，她的愛分量太輕。月箏緊緊摟住他細挺的腰身，既然已經付出了那麼多，她又何必顧惜這最後一點？

「剛才在娘家沒吃飽。」她晃了晃他。「天陰陰的，還想喝點兒酒。」

鳳璘沈默了一會兒。「嗯，好。」今夜，他也需要一點兒酒。

酒菜還算豐盛，月箏滿意地點點頭，都是她愛吃的。

為他斟了酒，她倒滿自己的酒杯，拿起來舔了舔，咂咂味道，笑咪咪地一飲而盡。

「鳳璘，」她又給自己滿上。「你相信一見鍾情嗎？」

鳳璘皺眉，不答。

她認真地點頭。「我相信。」她對他就是，真是從小就多花花腸子，她六歲就對他一見鍾情呢。

「鳳璘，你相信日久生情嗎？」她又喝了一杯，問他。

他深深地看著她，滿眼疑惑。

她也不等他回答，又重重地點頭。「我相信。」

「鳳璘，你相信有情就能天長地久嗎？」她再倒了一杯，鳳璘按住她的杯子。

「我相信！」他直直地看著她。

月箏哈哈一笑，他相信？她卻不信了。

「和你說個笑話。」她讓他也喝，想了想。「以前我跟師父學彈琴，總偷懶，有一天來了一個酸秀才，他說他愛琴如癡，苦練十載，聽說我師父琴藝卓絕，要來切磋一下。」又喝了一杯，她已經有些醉態，瞪著兩個眼睛十分嬌憨。「他肯定不知道我師父就是謝涵白，不然嚇死他！師父當然不屑和他比，就讓我去。那秀才彈得真不錯，可惜，沒靈氣，我一曲讓他自愧不如。他都哆嗦了，問師父，為什麼他苦心孤詣練了十年，都不如一個小丫頭？我師父就說，不過勝在天分。後來那個秀才就黯然地走了，我得意了好久，師父就教訓我，那秀才至少非常努力，我再這麼得便宜還賣乖會遭天譴。」她歪著頭，看鳳璘，他還是沈沈地看她。「怎麼，不好笑啊？」

鳳璘輕笑了一下。「是不好笑。」

她不依，瞪著眼睛搖他胳膊讓他笑。「好笑！明明就好笑！」

怎麼不好笑呢，她就是那個苦練十年的傻秀才，杜絲雨是那個幸運的天才。鳳璘的心上人始終是絲雨，她再努力也沒用。

再一杯。「鳳璘，你相信至死不渝嗎？」她又認真。

「箏兒，妳醉了。」鳳璘抱起她，今天說「死」，太敏感。

月箏貪戀地埋在他的胸膛裡。「嗯，我醉了。」

她一直醉醺醺的，此刻恐怕是她這一輩子最清醒的時候，沈醉與清醒，其實分別不大，因為她沒有為自己的決定後悔。

「箏兒，」他看著懷裡的她。「妳……願意為我死嗎……」

「不願意！」她想都不想地回答。「我要和你白頭偕老！」

鳳璘，你想過嗎？

入睡前，他又要她吃藥丸，月箏難得沒有要他哄，咕嚕咕嚕喝了一大杯水，她瞪著美目疑惑地看他。「鳳璘，生寶寶的時機什麼時候到？」

鳳璘忍不住親了親她嬌俏的面頰。「快了。」

月箏點點頭，躺下。他沒騙她，他的時機就快到了，她的……卻永遠也不會來。

這一夜，她以為自己會失眠，卻睡著了，還作了一個夢。

太液池邊，小鳳璘把花瓣撒在小絲雨的頭上，清風綠柳，落英繽紛，真美啊……她還夢見了自己，小小的月箏一臉羨慕的遠遠看著他們。一晃眼，他們都長大了，俊美的鳳璘溫柔笑著握住了絲雨的手，絲雨笑得那麼嬌俏，長大的月箏還是躲在遠處悄悄地看，想成為他眼中的那個人。

她悵然地笑了，她總是很自信，覺得可以實現自己的夢，卻忘記了，鳳璘也長大了，不再是只能對著母親寢殿哭泣的小孩子，他也有了實現自己夢想的能力。

她知道，他的夢裡，從來就沒有她。

第三十七章　死而無憾

滿耳是鳥兒清脆的鳴叫，月箏微微睜開眼，柔和的晨光照拂進來，繡帳裡朦朦朧朧，清新而明媚，完全不像是接連著昨日的陰雨綿綿而來的。

鳳璘已經醒了，他正在看著她，雙眉緊皺，臉色蒼白，不知道已經看了多久。又是那種她覺得莫名其妙的眼神，但她現在卻完全懂了，他捨不得她死，又覺得她死了也算是種解脫。

月箏忍不住抬手輕輕撫摩他俊俏的臉龐，他的眉、他的眼……她笑了，她已經傾注了一切去愛戀。

鳳璘握住她的手，他的手心裡異常潮潤，涼涼的。「箏兒……」他喊，那麼好看的黑瞳濛著極薄的水霧，更加幽亮深冥，他的眉頭皺得更緊了，形成了深深的川字。

月箏嚥了下唾沫，也許他不知道，她明白他喊她名字時的無奈和苦澀，之前她都認為這是情深。

她把手從他手心裡抽出來，去撫平他眉間的憂愁，他沒阻止，放在枕畔的手輕微地顫了一下。

她用手指細細地描摹著他的輪廓，閉上眼，手指的觸感變成了心裡的烙印。

這麼美，她捨不得讓他消失，那……還是她消失掉吧。

她有過這樣的惶恐，每個這麼美的清晨、黃昏、春天、冬天，她睜開眼，永遠再也看不見他，走遍天涯海角，哪裡再也找不到他。

如果，她活下來，他卻因此而死去，因此而失去他想要的，失去他的夢……她的生命還有什麼意義？

她又睜開眼，心裡的他和眼裡的他重疊在一起，她笑了，晨光裡嬌美無雙。「鳳璘，你愛我嗎？」

他眉間剛剛被她揉開的深皺又倏然出現，她突然覺得自己真的很沒用，就連強迫他說出答案也有點兒捨不得，於是她沒等他回答，搶著說：「我很愛你！」很愛、很愛，愛到不知道這世間沒了他，只剩下她的話，她要怎麼辦。

不知道為什麼，她現在總想起師父說她的話。他說，她看上去聰明伶俐，其實傻得要命，月闕與她正相反，她當初很不服氣；他說，漂亮的人往往不堅定，她卻是少見的執著；他說，她的病是沒藥醫的。

從看見鳳璘的那天起，她就病入膏肓，一病這許多年，拖成了絕症。

她看著他微笑，今生，她和他其實不該遇見，可是遇見了……她也認了。

很俗的設想，如果有來生……鳳璘，她眨了眨眼，因為不想哭，下輩子還是別遇見了。

「真想賴床啊，一覺睡到明天。」她呵呵笑起來，他眼裡的霧氣加深，眸子卻更亮了。

「可是不行啊。」她悵然，不行啊……她是他人生裡輕輕飄過的柳絮，再糾纏，終於還是要隨風而去。那麼……她想離開得瀟灑一些。

「起來嘍！」她笑嘻嘻地跳下床，大聲叫香蘭進來。「給我打扮漂亮些，誰看了都神魂顛倒。」

香蘭瞥了她一眼。「又瘋了，妳打扮得讓人神魂顛倒還有什麼用？」

她坐在鏡前，遺憾地點頭，是啊，是沒用了。

在鏡中看著香蘭指示丫鬟們為她梳妝。「今天，妳……別跟著我進宮了。」她不想讓香蘭看著她離開。

「這麼好？不使喚我了？」香蘭不屑地哼了一聲。

「妳脾氣越來越糟糕了，可能是年紀大了，還沒嫁出去的緣故。鳳璘，過完了千秋節，就讓衛皓把這個壞脾氣的老丫頭收走吧。」她笑笑，香蘭會幸福的。

鳳璘穿了他那套白色的王袍，戴上矜貴的玉冠。

她打扮完，歪頭看他，真喜歡他穿這套衣服，太好看了，他穿明黃龍袍的樣子應該更帥吧，也許是翥鳳有史以來最俊美的皇帝。她不用親眼看……也知道。

她站起來，輕盈地轉了個圈，為跳萬壽舞而穿的舞衣非常華貴精緻，她還挺喜歡的。蹁躚的裙裾如綻放的花，又如翩翩的雲，她停佇，花落下，雲停滯，她歪著頭認真地問他：「我美嗎？」

鳳璘的拳緊緊握起。「美。」天天在一起，他都有點兒忽視了她的美貌，她何嘗不是天仙絕色？

月箏抿起嘴巴，有點兒頑皮也有點兒落寞，其實她一直覺得自己比杜絲雨好看。

「走吧，我們走。」她反倒催促起他。

宮裡人滿為患，無論往哪兒看，都能看到極為精彩的人物，豐疆王和王妃下車的時候，還是引來全場的注目，這樣兩個人無論站在哪兒都會美如畫卷。

月箏坐定，杜絲雨沒有來……鳳璘不希望她看見他這麼殘忍的舉動吧？是啊，他留給杜絲雨的，全都是好的。

坐在正對面的鳳珣直巴巴地盯著她瞧，冷漠而傲兀，月箏卻在這張故作深沈的臉上看到孩子般的純摯，他像個吃不到糖而賭氣的孩子。對他輕輕打了個眼色，鳳珣太意外了，很不矜持地微顫了一下。宮裡到處是人，清靜的地方還是有……月箏走在前面，鳳珣在幾步之後跟著。

花蔭下，她轉過身來，看了他一會兒，突然俏眼一翻，瞪了他一眼。「以後你要爭氣點兒，別再沒頭沒腦，胡言亂語了！」

鳳珣愣了一下，沒想到她叫他出來竟然說了這麼句話。總說讓他爭氣，她還不是小時候那副傻樣子。「就這樣啊？還用妳說！」

月箏看著他的笑臉，突然明白了孫皇后的苦心和無奈，已經娶妻生子的太子殿下，其實還是個沒長大的孩子。如果當初是他被扔到北疆，他永遠不能像鳳璘那樣為自己籌劃妥當，絕處求勝。明知他並不適合做一個雄才偉略的君主，仍然捨不得他遭到任何不幸，她不怪皇后娘娘了，皇后娘娘不過是有點兒小氣。

她也理解了皇上對鳳璘的狠心，自古帝王多無情，為了保住江山，犧牲一個兒子又何足掛齒？

並肩坐在盛況空前的宴會一角，鳳璘沒有說一句話，月箏也沒有。

太子妃的萬壽賦一撫完，下個節目就該是她獻舞了。宮女走過來給她披上那可笑的五彩斑斕的水袖，簇擁著她向後殿走去準備，月箏走了幾步，回頭看僵坐在桌旁的鳳璘，她還能對他說什麼呢？她想了想，說：「鳳璘，我都知道了。我走了，你……要好好的。」原來悲傷到極點的時候，是流不出眼淚的，所以她笑著離去。

鳳璘的黑瞳驟然一縮，手裡的酒杯頹然跌落。

月箏跳得很認真，守在台下的席大家露出驚豔而欣慰的神色，月箏向她笑了笑，練習的時候她百般偷懶，是因為沒想到這會是她最後跳的一支舞。比起枯燥的琴棋書畫，她最喜歡跳舞了，雖然能跳的最後一個舞蹈是無聊的萬壽舞，她還是極為用心地跳了。

當她站在皇上正前方舞動水袖，寓意雨雪紛紛都是祝福時，她彷彿有預感般看向人群的深處。她看到了一張很清秀的臉，這個清秀的人射出的箭極快、極準，月箏故意向右偏了偏身子，沒有聽到箭簇上帶的風聲，胸口已經一涼，人像被重重地一推，踉蹌跌倒。

鳳璘，他想留她一命，她卻不想了。愛結束的時候，生命最好也隨之結束吧。

所有人都在驚呼尖叫，禁衛軍的兵器拖在地上的聲音非常刺耳，皇上和鳳璘都撲到她身邊，鳳璘緊緊地把她抱在懷裡，眼淚滴落在她的臉上，月箏沒有看他，只盯著那紛紛落下的眼淚，太近了，就好像她茫然地瞪著眼尋覓著什麼一般。她想用手去接，她窮盡一生摯愛，換來的不過是這幾滴眼淚。

手不能動，他的淚便全數滴落在她的臉上。

「鳳璘……」她半合著眼。曾經，她非常渺茫的盼望，他會在最後一刻後悔、在最後一刻放棄，但他沒有。雖然希望那麼渺小，失望卻來得這麼強烈，終於徹底的絕望了，她始終是個不該出現在他生命裡的人。

「妳說！」鳳璘呼吸急促，比起平靜的月箏，中箭的好像是他。

「鳳璘，護駕！保護好聖上！」她說。

鳳璘，她已經用盡她的生命做完一切可以為他做的事，說了最後一句她應該說的臺詞。她沒有流淚，在她的血流乾之前，眼淚已經流乾了。

她完全合上了眼睛，陷入了純粹的黑暗。

這一生，她不遺憾。她愛一個人，愛得徹底，愛得毫無瑕疵。她可以含笑而去，去到黃泉的最深角落，她也無愧無悔，她曾經這樣愛過一個人，也很好。

鳳璘，他樣樣計劃得天衣無縫，得到杜將軍的支援，邊關還有月闕帶領著他的親軍，就算杜家反悔，那也是他最後的憑藉，他會贏得萬無一失。然後，他和絲雨就可以幸福和樂的過一生了，實現她想和他在一起的每一個希冀，朝夕相守，還有……一大堆皇子公主。

鳳璘，你算錯了一樣。

就算他雕刻了再多的晶蓮，紫色螢火再怎麼穿透陰陽，她……也不會來見他，永遠也不來！

這一生這樣愛過就好了，下一輩子，就讓她幸福而平淡的生活，遇見一個對她好的男人，生兒育女，碌碌終生。

眼角似乎有些氤氳，始終……聚集不成一滴淚珠。

第三十八章　恍若一夢

黑暗，寒冷，安靜。

月箏覺得口渴，但她沒有出聲喚人。

她死了嗎？

緩緩睜開眼，幽暗的四周籠罩著螢光點點，是紫晶蓮。她苦澀一笑……她的魂魄還是不忍散去嗎？

呼吸一重，胸口就疼得厲害，意識也恢復得更加清晰。她的眼睛已經適應了黑暗，藉著螢火看清這是一間闊大的石室，沒有窗，應該是在地下，她……沒死成。她又轉動著眼珠，打量這死寂幽冷的房間，沒死——就要如此陰暗的活嗎？

腳步聲由遠及近，像是從極長的甬道裡走來，微有回音。來人拿了盞燭檯，轉過石室門口的屏風晃得月箏有些睜不開眼，隱約中看清是香蘭，她把燭檯放在桌上，石室很大，燭火和螢光只能照亮附近一片，但她還是輕車熟路地走到角落裡端來一盆水。

看來一直是香蘭在照顧她。

香蘭走近床邊，猛然發現月箏睜著眼睛，嚇了一跳，手裡的銅盆哐噹跌翻在地，水打濕了地面的青磚。

「小姐？」她試探地喊了一聲。「醒了？」

月箏點了點頭。

香蘭有些驚喜，走到床邊來細看月箏，眼淚突然湧了出來，從抽抽噎噎到泣不成聲。

月箏苦笑，她都還沒哭呢。「給我倒杯水。」

香蘭聽了，連忙跳起身去倒水，還是不住哽咽。

月箏喝了水，舒服了很多，香蘭的情緒也恢復了一些，又打了盆水來給她擦身，竟然是很溫熱的泉水，有淡淡的硫磺味道。

「已經過了幾天？」月箏淡漠地問，以她傷口的恢復情況，她應該昏迷了不短的時日。

「十二天了。」香蘭說起來就有些忿然。「傷口早就無礙了，要不是給妳吃了龜息丸，早就該醒過來了！擔心死我了，生怕……」覺得不吉利，香蘭沒有繼續說下去。

十二天……月箏閉上眼。「我爹娘知道我還活著嗎？」

「不知道。」香蘭皺眉。「他登基前就送老爺夫人去少爺那兒了，大概是不願意讓他們看見……」香蘭又謹慎地收口，她執意不願稱呼鳳璘為皇上，說起「他」來也滿腔怨憤。

月箏深吸了口氣，傷處因而又刺痛……不願意讓她爹娘看見女兒「屍骨未寒」，他就迎娶了杜絲雨吧，她猜到了，卻不恨他。就好像她在敵營中苦等，他沒來救她一樣，她理解他，甚至比那個時候更加淡然，因為這次她沒留存半點希望。為了安撫拉攏杜家，他必須要儘快迎娶杜絲雨的。

面已經換了天下。

「登基……」她皺眉，有些意外。「好快。」她微微感慨，死去又活來的這十二天，外

「碰運氣而已。」香蘭不服氣。「太子也是犯傻，龍座都坐上一半了，急什麼?!」

月箏聽了一笑，果然，「刺殺」是個永遠的秘密了，連香蘭也不知道內情。或許有一天，他會殺她滅口，或許這一天……來得很快。

「太子陰謀敗露，皇上十分震怒，召集群臣要廢黜太子，結果怒氣攻心在殿上暈倒。皇后娘娘走投無路，只能希望兒子儘快登上龍椅，竟然在皇上的膳食裡投毒。皇上被御醫救回來，氣得立刻下詔賜死了皇后，把太子貶為庶人發配西海，還立了那個人當太子。沒兩天皇上也薨了，那個人就名正言順地登基為帝，龍椅還沒坐熱乎就把杜家小姐娶進宮去了。」香蘭說著，又一陣恨，當初隱瞞小姐還活著，就是為了明媒正娶杜家小姐嗎?

月箏望著密室的屋頂，默默聽著香蘭說話，帝王之家，親情愛情……都菲薄可笑。順乾帝一生對孫皇后雖說不上專寵如一，也基本予取予求，朝中宮內對孫皇后的種種動作都隱忍縱容，對鳳珣百般偏愛，明知他並非卜選仍竭力扶持呵護，可即便如此……還是死在愛兒愛妻手中。孫皇后對順乾帝的夫妻之情本應深厚真摯，她卻為了兒子毒殺了丈夫。殺父的毒計鳳珣想不出來，可他卻默認了母親的行徑，到底也算半個凶手。

鳳璘最後真逼得孫皇后和鳳珣弒君篡位，他自己卻不動刀兵地達成了目的。

以鳳璘的心機，孫皇后的毒藥是不可能在他防範周密的情況下送到順乾帝嘴裡的。毒藥

的劑量把握得太微妙了，沒有立刻死，卻還是死了。孫皇后是張牙舞爪的螳螂，鳳璘是不動聲色的黃雀，他們……都能為達成目的不惜殺死至親的人。

她向這樣的人乞求愛情，只能落得如今的黯然收場。

甬道盡頭又傳出機關開啟的聲響，香蘭聽了，撇了撇嘴。「一說就到。」

腳步聲……很熟悉，轉過屏風的人，卻那麼陌生。月箏平靜地看著他，或許是知道他已經成為天下之主，她覺得他俊美的面龐疏離孤高，即便只是穿著便服，也有一種無法靠近的冷漠。他走進燭火的光亮裡來，她還是直直地盯著他看，這真是那個與她有過那麼多愛怨癡纏的男人？她都有些認不出。

「箏兒。」鳳璘快走幾步拉起她的手，他不喜歡她這樣看他，無悲無喜，空空蕩蕩，看得他的心也陷入無可攀援的空虛裡去，他抓緊她的手，纖細柔軟，她的溫熱讓他心安。

她不答，還是那麼凝神地看他，他有好多話，卻還是沈著臉先遣走香蘭。「去給箏兒弄些粥來，她還不能吃飯。」

香蘭不屑地撇了撇嘴角，頭也不回地走了。

「箏兒。」他坐上床沿，輕輕抱她入懷，她沒有掙扎，嬌軟的身子被他緊緊摟在懷裡，他才真正有了失而復得的喜悅。「給我些時間。」她毫無反應，鳳璘鬆了手臂，低頭看她的神情。「還怪我？我……」

「我不怪你。」她飛快地打斷了他的解釋，他要說的她都明白，卻實在不想聽。

「箏兒……」鳳璘皺眉，被她這樣一說，竟然不知怎麼接下去。

她抬起眼，長睫的陰影閃閃爍爍遮住了水亮的眼瞳。「你打算怎麼處置我？」

鳳璘沈默，如果她怨恨，他可以解釋；如果她哭鬧，他可以嬌寵。可她這麼平平淡淡地看著他，這樣問，他的千言萬語都只能化為沈默。

她也不催促，靜靜地等。

他的心越來越沈，她什麼都知道、什麼都明白，他垂下眼。「自由，我現在無法給妳，后位，我現在也無法給妳，我……」他自嘲且自鄙地笑了笑。「什麼都給不了妳。」再多解釋、再多藉口，這些……就是事實。「箏兒，」他看著她，有些絕望。「妳還能相信我對妳的心嗎？」

他又苦笑了，這話問得他自己都覺得可笑。他奪走了她的一切，而且全給了另外一個女人，他要如何讓她相信他還愛她？

月箏側過頭去看那些紫色的晶蓮。「你該讓我死的，這樣你記憶裡的原月箏一直愛你。」

鳳璘的身子劇烈地一抖，沈默了一會兒，他又用慣常的冷漠語調、堅定且不容置疑地說：「給我時間，屬於妳的我都會給妳，屬於我的，妳也都給我。」

「屬於你的……」月箏皺眉思索。「我還有要給你的東西嗎？都還了。」愛戀、執念，甚至生命，都給他了，她什麼都沒剩下。

「有！」他站起身，俯視她的時候，帝王的威嚴自然流露。「一大堆皇子公主、與我白首偕老，還有……妳的心！」

她聽了，只是淡淡一笑，什麼都沒說。

他握緊拳頭，時間，她和他都需要時間，她需要時間化解對他的怨恨，他需要時間為她奪回一切。

就在他準備轉身離開的瞬間，她說：「鳳璘。」他幾乎是立刻轉回身來。

她又用那種淡漠的眼神看他了。「鳳璘，你……愛杜絲雨嗎？」

鳳璘的呼吸一窒，他愛絲雨嗎？他也問過自己無數遍。

終於他快步離開了石室，什麼都沒有說。

月箏望著他離去後的一片黑暗，幸好他沒眼都不眨地說「我不愛她」。恍若一夢，夢醒後她似局外人般看著鳳璘和絲雨，鳳璘剛才的沈默，讓她覺得他還對得起絲雨的愛。可以了，她覺得心滿意足，夢醒前她就想成全他們的愛，現在……完滿了。

鳳璘聽著太監高聲呼喊。「下朝——」迴音縈繞在整個太極殿，臣屬們全然跪下恭送，高高的殿門外是屬於他的皇城，天下。

緩步走回後宮，早有太監端著各宮妃嬪的牌子躬身高舉任他揀擇。

他看著托盤裡的幾個名牌……還說給他時間，就能還她一切呢，他譏嘲地挑起嘴角，諷刺的是他自己。新帝登位，各世族名門紛紛送女入宮，他一個都拒絕不得。不要嚴相的姪女呢，還是不要右司徒的女兒？時間越長，這盤子裡的名牌只會越多。

放在最高處的，是貴妃杜絲雨，他拿起來，還好，他無論如何還是為她留住了后位，只是……現在他還不能讓她坐上去，他還沒有這個能力。

原來愛一個人就想把自己最珍貴的東西送給她，他是什麼時候決心把后位留給月箏的？鳳璘自己也說不清，只是知道每次她甜蜜而又堅定地看著他的時候，輕聲呼喚他名字的時候，他一直在加深這個願望。

絲雨穿著貴妃的服色，即便是他隨常的臨幸，她也打扮得一絲不苟。她對他行禮如儀，俏語嬌聲說：「聖上萬安。」

他伸手扶起她，她看向他的眼神嬌羞脈脈，柔情萬種，他忍不住讚許地摟住她纖細的肩膀，她便甜蜜地倚入他的胸膛。杜家把她教養得實在很好，處處符合皇后的風範，即使杜家如今權勢熏天，她還是那麼恭順嬌柔，為他把後宮操持得井井有條。他沒有讓她如願成為皇后，她也沒有半句抱怨。

他笑著想，月箏絕對不會做得像她一樣好，至少她不會有絲雨這樣容忍整個後宮的雅量。

她問，他是不是愛絲雨？

怎麼不愛呢？少年時兩小無猜，落魄時不離不棄，顯達後絕不恃寵而驕。他吻了吻懷中的美人，他虧欠了月箏，難道就沒虧欠絲雨嗎？他……愛絲雨。

紅綃帳裡，春色盎然，他凝視著身下的她，同樣嬌美，同樣柔媚。

他埋入她的身體，看她歡愉的表情，聽她聲聲吟唱他的名字，一樣動情，一樣激越，身體躁動了，如失控的悍獸，弄得她嬌呼低泣，驟然來到的痙攣也帶給他近乎瘋狂的快感，他和她也能同去極樂的天堂。

然後呢……然後……

摟著為他綻放了全部美豔的她，他沈入一片蝕骨的空虛。他更緊地摟著她，她嬌嫩的肌膚全都貼服在他身上，可是……沒用，她的溫暖填不進他心裡的那塊冷冥。

他望著繡著龍鳳金紋的華麗帳頂，這本是他的夢，皇位、絲雨……可他突然覺得恍惚，想醒來，卻掙扎著找不到回頭的路。

第三十九章　已成往事

絲雨起得很早，一夜的纏綿讓她身體疲軟，她下床的時候不得不扶著雕花床欄，她動作很輕，鳳璘還是輕淺地皺了下眉，睜開眼睛。絲雨羞赧一笑，有些歉意。「擾了你？」

鳳璘搖了搖頭，卻沒動，每天早上醒來他都會覺得有些疲憊。

絲雨穿妥了衣物，喚了宮女進來，親自捧了水盆到榻前服侍鳳璘洗漱。

「放著讓她們來。」鳳璘坐起身，看著一臉認真的絲雨，憐惜地說。

四個宮女進來為絲雨梳妝打扮，起得早了些，鳳璘並不急著下榻，斜倚著枕頭看絲雨梳妝。各地進獻的上好珠寶珍品，他都賞了她，宮女們琳琅滿目地攤放了一妝檯任絲雨揀擇。絲雨用眼睛點了點東晶石耳墜，伶俐的宮女手指輕盈地為她配戴妥當。

「貴妃，穿這套可好？」另一個宮女捧著一套雲錦繡裙給絲雨看。

絲雨側頭看了看，猶豫著搖了搖頭。「還是選套樂繡的吧。」

宮女們立刻捧來幾套樂繡衣裙讓絲雨挑選，送入杜貴妃祥雲宮的無一不是上品，鳳璘瞧著她們手中光彩璀然的衣飾，想起當初他還是梁王的時候，離開京城的前一晚還連夜為月箏買回嫁妝奔波，岳父岳母來送行，他和月箏遮遮掩掩，生怕他們得知月箏傻兮兮地賣掉了嫁妝。

絲雨順著他的視線拿起那套他出神時無心凝注的衣裙，誤解了他的微笑。「皇上喜歡這套？」她滿心喜悅，讓宮女服侍她穿起。

鳳璘怔了下，回過神，隨口應付地嗯了一聲。

絲雨穿戴整齊，在鏡前緩慢地轉著身，確保自己毫無失儀之處。

「傳膳吧。」絲雨吩咐。她出身宰輔之家，鐘鳴鼎食，一舉一動自有風儀。

鳳璘坐起身，與她在桌邊悠然對坐，以前因為月箏總是賴床，都是他傳了膳，千呼萬哄地叫她起來吃。

杜貴妃馭下有方，伺候用飯的宮女太監們恪守本分地垂頭站在角落，絕沒一個香蘭那樣沒規沒矩的異類。

絲雨並沒怎麼吃，時時觀察著他的神色，他連著挾兩次什麼菜，她會立刻命宮女拿到近處。

鳳璘默默吃著，糖醋藕做得格外好，他習慣性地挾了一片放在身邊人碗中。「嚐嚐……」他抬眼，看見絲雨驚喜而甜蜜的眼神，後面的話生生噎住，月箏愛撒嬌，無論他挾什麼給她，她都嘟嘴說不好吃，所以他都會順口說：「聽話，好吃的。」

飯後，絲雨起身雙手給他送了茶。鳳璘接過，端在手中沒有喝，應該感到滿足，他向絲雨笑了笑。

總管太監已經備齊了鑾駕儀仗，在殿外恭請皇上上朝，鳳璘起身，祥雲宮的鳳凰花開得正好，早晨清澈的陽光灑下來，紅若雲霞。

他的江山這麼美，他回頭看了看若華的祥雲宮，這一切……他都想捧給那個總是縮在他懷裡嘟嘴撒嬌的她，逗她高興，逗她展顏而笑。可是，他卻讓她棲身在不見天日的密室裡，形同囚禁！

月箏抱著膝坐在床上，石室裡點了很多蠟燭，再明亮也陰氣沈沈。香蘭帶來的書她不想看，擺在桌上的菜饌也沒動幾筷。香蘭從外面摘了把鮮花來替換瓶中已經凋謝的，石室裡不見陽光，花朵枯萎得特別快，要一天一換。月箏看被丟棄在桌面的殘花。「以後別摘了，真可惜。」她也像這些花，只能慢慢枯萎凋零。

香蘭不以為然。「就靠這花添點兒生氣了，反正也是他的花，糟蹋了也活該。」

鳳璘走進石室的時候，香蘭正端著托盤向外走，看見他眼都沒眨，腳步匆匆地揚長而去，他還是看清了幾乎沒少的飯菜。

璀璨燭光中，她抱膝而坐，只有那麼纖纖一團，傷口早已痊癒，臉色卻還是那麼蒼白。

「怎麼不好好吃飯？」他坐在床沿上，抬手撫摸她披散的長髮，口氣擔憂而寵溺。

月箏不答，他明知故問。

靠得她這麼近，她身上宜人的香氣讓他感到莫名安心，他想抬手攬她入懷，卻死死忍下。他怕她冷漠而洞悉一切的眼神，更怕她為此而更加討厭他。

「收拾一下，」他眼睛裡閃過疼惜。「我們出發。」即使他再不能隨時見到她，即使放她遠遠的離開，他也想讓她能生活在陽光裡，看到那麼美麗的山河。這一切都是屬於他的，她走多遠……也都是他的天下。

「去哪兒？」能離開這裡的喜悅終於戰勝了對他的無動於衷，即便他說「我們」，只要能離開這裡！她已經快瘋了，但她不打算對他述說，對他提出要求。他永遠會有一大堆的理由，永遠只會對她說：給我一些時間。

「送妳回渡白山。」這是他深思熟慮過的，無論如何謝涵白能保她周全。

月箏點了點頭，去哪兒都好。

她的東西不多，其他行李都由香蘭在外面準備，鳳璘親自給她梳頭穿衣，月箏沒有拒絕，讓他感到一陣喜悅，她已經開始原諒他了吧？她平時視若珍寶，隨身攜帶的東西不過就那個裝慧劍的小盒，他帶來了。自從她受了傷，他就把情絲也收入盒中，生怕她在對他最失望最怨恨的時候拿它出氣。她的溫順讓他有點兒興奮，忍不住拿出情絲重新纏回她的皓腕，順勢捧住她的手握入掌心。「箏兒，總有一天，我會讓妳結滿它。」

月箏木然地被他拉著手，她低頭看手腕上那條編結了五個珠子的情絲，每個珠子都是對她的諷刺。到了這種時候，他還說要她結滿情絲？他的手，依舊讓她感到熟悉，可是，那種執手交握的甜蜜早已蕩然無存。她愛過這個男人，因為她相信，總有一天他也會同樣愛她，當這個夢醒來後，他說的一切都讓她覺得可笑，他是個不該有愛情的人，他愛誰或者誰愛他，只會彼此無奈絕望，因為他是一個帝王。

他含笑看她，俊美黑眸不知道因為什麼而熠熠閃光，是因為她的不閃避嗎？她只是覺得曾經有過肌膚之親的他們，閃閃縮縮很無謂。她抬眼看他，因為她的注視他眉眼含笑，滿是柔情。她嘆了一口氣，如今在夢中的反而是他了，擁有了一切的皇帝開始希冀愛情。很可惜，他站在原地品啜著過去的甜，而她已前行。

馬車行駛得有些快，大概是皇上不能擅自離開皇城很久。

月箏戀戀地望著窗外一閃而逝的景色，已經到了秋天，她的記憶好像中斷在先皇壽誕的夏日，也好，永遠中斷在那裡吧。

轉過山坳突然現出一片大湖，今年雨量充沛，湖水泱泱幾乎漲平了石堤。「停下。」月箏突然說。

鳳璘立刻吩咐車外護駕的衛皓停下隊伍，後面車裡的香蘭也趕來伺候。

月箏的腿因為長時間坐車有些麻，行路緩慢。她扶著香蘭向堤上走，秋高氣爽，天空格外明澈清朗，湖水浩淼，景色開闊怡神。鳳璘快步趕來，一把扯住已到堤邊的她，臉色發白，眼瞳因而更顯幽黑。

月箏沒防備，被他扯得一趔趄，有些愕然地抬頭看他，卻看見他擔憂的神色，忍不住一笑。「你擔心我尋死？」

鳳璘不答，更緊地箍住她的胳膊。香蘭還想幫她掙脫，先被衛皓拖走了。

月箏看著煙波濛濛的湖面，笑著搖頭。「我已經死過一次，夠了，不會再那麼傻，鬆手吧。」

鳳璘皺眉，緩緩地鬆開五指。

月箏一捋腕上的情絲，不等鳳璘反應，用力擲向湖裡，連個水花都沒激起，只泛了一圈漣漪就不見了。月箏看著，她就是他生命裡的漣漪，散了就罷了。

「妳幹什麼？」鳳璘有些惱怒，因為她的順服而帶來的喜悅此刻全化為無力的失望，因而更加惱火。

「鳳璘，忘了我吧，你肯忘記我、放過我，我會感激你的。」她淡淡一笑。

「感激？」他怒極反笑。「不要說這樣的話！」她還在怨他吧，故意這樣做來氣他。

月箏還是那麼平靜。「沒用了，原月箏……已經成為往事。」

「胡說！」他呼吸加速。「妳還活著，妳永遠也不會成為我的往事！」他還要與她分享很多很多，包括這華麗江山。

「情絲，我會再做一條！」

她一笑打斷了他。「我還活著，但愛你的原月箏已經死了。」

他瞪著她，目光凜凜，半晌只說：「不！」

他不信她的意氣之語，如果愛能說沒了就沒了，他還何須如此痛苦？他盯著她傲然一笑，他已經是天下之主，沒什麼是他得不到的！不愛了？那也沒關係，他可以讓一切從頭再來！讓她重新愛上他！

第四十章　劃地為牢

一路異常的沈默，月箏倍覺輕鬆，淡然看著沿途的風景。

鳳璘一臉冷凝，嘴唇緊抿，再沒說過一句話。

馬車停在渡白山腳下，鳳璘讓隨行的十幾個護衛原地待命，只帶衛皓和香蘭陪著月箏上山。

月箏越走越慢，眼前這些她再熟悉不過的景物讓她覺得辛酸而踏實，花草山石毫無改變，人卻已經恍若隔世。清雅的小院隱在疏密有致的樹木後面，月箏停在竹籬外，樹下石凳上那襲白衣讓她突然就不敢走進去。當初離開得那麼意氣風發，如今……

鳳璘回頭看了看躑躅不前的她，輕嘆了口氣，舉步進入小院，抱了抱拳，淡然問候。「謝先生一向安好。」當初謝涵白不肯去陣前助他，見面怎麼都有些不甚歡悅。

謝涵白倒掉洗杯子的頭道茶，也不回答也不招呼，只面無表情地看了眼竹籬外的月箏。

月箏皺了下眉，又舒開，師父看見她毫無驚詫神色，就像往日她從家裡探望父母回來一樣。師父一定把整件事的來龍去脈都想明白了，他的平淡如昔讓她的慚愧扭捏顯得十分可笑而生疏，師父和爹娘月闕一樣，都是無條件支持她諒解她的人。她緩步走到謝涵白對面坐下說：「師父，我回來了。」

謝涵白優雅地放下茶杯，看也不看被晾在一邊的鳳璘。「聽說，妳沒成功，卻真的成仁了。」他有些揶揄，嘴角下拉。

師父的態度讓月箏輕輕一笑，是啊，已經過去的事何必耿耿於懷？現在提起不過盡是笑談。「所以，我回來侍奉您終老啊。」

鳳璘被如此忽視也不難堪，在石桌邊坐下，自己拿了杯茶來喝，謝涵白很不以為然地哼了一聲。「謝先生，代我先照顧箏兒些許時日。」他說得雲淡風輕，不是請求也非命令。

「代你？」謝涵白冷冷一笑。「那可真不敢當。」鳳璘的意思他明白，如今杜家實權在握，雖然礙於目前的情勢而容忍月箏存活於世，難保將來他們不暗中痛下殺手，即便如此還是忍不住想刻薄幾句。

「我在山下安排了三十暗衛，先生如需調動，請指示此人，衛皓，來見過先生。」衛皓依言上前見禮。

謝涵白嗤了一聲。「不需要，你是留下人手拘禁我們師徒嗎？」

鳳璘一挑眉梢，對謝涵白的脾氣早有體會，也不生氣，只語調不改地說：「先生言重了，不過是想護衛箏兒安全。」

謝涵白嘴角一撇。「燙手的山芋扔給我，哪那麼便宜？我不需暗衛，但要二萬黃金和三百工匠。」

月箏驚疑地看著師父，雖然不知道他到底想幹什麼，但她相信師父有自己的道理，當著鳳璘，她連問都沒問。

鳳璘沈吟不語，銀錢工匠事小，可這麼興師動眾，月箏居住於此不就全然曝露了嗎？雙眉一揚，他還是選擇相信謝涵白。「好！」

謝涵白滿意地點了點頭，一抬手，說的卻是：「恕不遠送。」

鳳璘又深深看了月箏一會兒，才起身下山。

月箏垂著長睫，他的背影也不想再看一眼，如今的她只想遺忘，在這個男人身上，她已經看不到希望。她曾經盼望懶散而安逸的生活，這不是……終於實現了嗎？

香蘭因為謝涵白對鳳璘的態度立刻對他產生了親切感，笑著走上前見禮，好奇地問：「謝先生，你要那麼多錢和工匠做什麼？」都夠修座行宮了。

謝涵白淡淡一笑。「修完妳們就知道了。」

渡白山整天充斥著各種嘈雜，月箏無奈地托著腮，坐在小院裡曬太陽，閒閒地看不遠處正在修建的小宅院。師父要了那麼多錢，容身之所卻修得不算大氣，工匠們大多數都在山間不知道忙碌什麼，月箏也無心去探看，每天好吃好睡，身心安泰。

謝涵白拿著一卷圖紙和衛皓從山道上走進來，連日指導施工，兩個人都黑了不少。衛皓去廚房幫香蘭做晚飯，謝涵白就隨意地坐在樹下細看圖紙，月箏按捺不住好奇心湊過去看，繁複的圖畫像是某種機關，月箏皺眉。「師父，若是防備有人殺我，不必這麼大費周章，一個你就足以應對了。」

謝涵白頭也沒抬。「我知道。這不是為妳修的。」

月箏眨了眨眼，無言以對。

「我新研究的星羅陣，正想試著修修，就有冤大頭撞上門來，又出人又出錢。」謝涵白拿出一截小炭筆在圖上做了幾個記號，神色頗為自得。

月箏嘴角抽搐，她怎麼忘了，謝先生騙人的時候尤其顯得仙風道骨。「師父，你能修星羅陣，我也算有功勞，情絲雖然結不成，不老術還是傳給我吧。」

謝涵白的眼角極其細微地一抽，他繼續低頭看圖，口氣很是莊重。「生老病死乃是人之宿命，逆天而為終是不祥，還是算了吧。」

月箏瞇眼瞧他，抱起雙臂，謝涵白固執地盯著圖紙，怎麼也不抬頭。「師父，其實……你根本不會什麼不老術吧？」月箏直白地揭發他。

謝先生拿炭筆的手頓了頓，很自然地說：「嗯。」

月箏咬牙切齒。「師父……」

謝涵白這才很平靜地抬起頭，露出十分疑惑的神情，無辜地看著氣得滿臉通紅的徒兒。「我當時只是想騙妳認真對待我千辛萬苦做出來的情絲，想不明白，那麼荒唐的謊言妳為什麼會深信不疑？」

月箏覺得太陽穴的青筋隨著心臟的跳動一蹦一蹦，騙子！正打算來個秋後算帳，謝先生很歡喜地說：「妳哥要成親了，我給他傳信說了妳的事，他送人回鄉正好來看妳。」

月箏恍了下神，臉上的血色緩緩退去，大哥要成親了？「我爹娘也跟著回來嗎？」她很想父母，又心疼他們年紀大了還千里奔波。

謝涵白捲起圖紙，又譏誚地挑起嘴角。「沒，妳大哥送完人，我也要他趕緊回北疆去。帝王的心思反覆無常，妳父母遠在邊陲比近在京師要安穩。妳哥如今貴為豐疆都督，全家錦衣玉食，回來做什麼？」

月箏沈默地點點頭。

月闕來得比預料中快，月箏得到消息跑去接他，在半山腰相遇的時候，他還一臉不甚贊同地看著到處施工的山坡，嘴裡叨唸著：「瞎折騰，瞎折騰！」回眼看見妹妹，似乎早就拿定主意不露出傷感，他故意皺眉問：「天天這樣妳不嫌吵？」

月箏撲進了他的胸膛，哥哥摟得她那麼緊，讓她感覺如此安全的懷抱……似乎只剩下他和師父。

「哥……」她也想像月闕那樣看上去雲淡風輕，只是倚入哥哥的懷抱，心突然脆弱，眼淚就流下來。

月闕摟著她，再不說話，她還活著就好，無論哭還是笑，他都覺得無比慶幸。

「月……月箏。」站在月闕身後一直看他們的美麗姑娘費了好大勁兒才叫出了這個名字。她早就想過，絕對不能叫王妃，雖然當初殿上一見，豐疆王妃給她留下的印象終生難泯。叫小姑……也太近便，還是名字好。

月箏顫了顫，在月闕衣服上擦乾眼淚才推開他，細細看面前這個有點兒眼熟的女子，不比初見時正裝華麗，素雅的打扮似乎更能體現出她的美麗。月箏想不起她的名字，只微笑著叫了聲：「嫂子。」

駱嘉霖的臉紅了紅，非常羞澀，瞥了月箏一眼真說得上嬌媚萬方，然後她大言不慚地說了聲：「妳乖。」

月箏瞠目看她，突然噗哧笑出聲來，真沒想到駱大美人是這麼有趣的。

月闕習以為常，回身拉起駱嘉霖的胳膊。「走吧，小二，先去見我師父。」

月箏無語地看著這對夫妻，小二？以風格來判斷，應該是月闕給駱美女起的暱稱。看著月闕和駱嘉霖攜手上山的背影，月箏心裡突然起了種落寞，月闕也有了最心愛的女人，她也曾有過這種感受——她這個妹妹恐怕再不是他心中分量最重的那一個。不過……月箏皺了下眉，這個乾醋吃得真夠莫名其妙的，她從第一眼就喜歡上駱嘉霖，哥哥有她一生陪伴，她也替月闕開心。

月闕回來，謝涵白十分歡悅，連聲說晚上要開懷一醉。

月箏、香蘭、駱嘉霖三個女人自然都要在廚房準備晚飯的菜餚，香蘭對駱嘉霖也很親切，少奶奶、少奶奶的叫她。

駱嘉霖又露出十分嬌羞的神情。「不要叫我少奶奶，雖然我和月闕有夫妻之實，但我還沒答應嫁給他。」

香蘭愣了半天也沒說出話來，其實這話並不算太難接受，關鍵是這樣看似羞澀的美女說出來就很讓人心驚肉跳。

月箏很理解香蘭的感受，不過淡定多了，含笑問她：「為什麼？」

駱嘉霖剝著栗子，閒話家常般淡然。「我祖父、父親都妻妾成群，所以我下定決心，一定要嫁個對我一心一意的男人。月闕不送走沈夢玥，我就絕不嫁他。」

這話引起香蘭的強烈贊同，對駱嘉霖的態度就更熱絡了些。

月箏微微而笑，看著駱嘉霖，她彷彿看見原來那個不諳世事或者說一意孤行的自己。駱嘉霖很幸運，她碰見的是月闕，所以她把這一切都當成理所當然，但她似乎沒意識到，雖然她立下那樣的決心，還是被父親送入宮廷，如果她沒被送到豐疆，而是被先皇或者鳳珣選中了，她還能像現在這樣幸福而驕傲地說出這樣一番話嗎？

回想過去……也是需要勇氣的，真正放下了，才能平靜地想起。聽了駱嘉霖的話，月箏想起了以前的自己，就算沈迷於眼前的迷障，心底深處也還是明白的，「一心一意」不過是美好的願望。就算她與鳳璘什麼都沒發生過，她一路陪他攀上了九五龍座，留給她的結局，也不過是深宮寂寥。

席間因為有衛皓，所以大家只談了些生活閒事，月箏得知爹娘身體安好，聽說她還活著都高興得淚流滿面，若不是怕惹來不必要的麻煩，很想隨月闕一起來看她。

香蘭聽少爺這樣說，不免又埋怨鳳璘害原家人骨肉離散，順便遷怒了衛皓。衛皓知道人家師徒有話要談一直礙於自己在場，藉香蘭怨罵，起身告辭。駱嘉霖也頗有眼色，跟著起身，招呼香蘭為她準備沐浴用物。

小廳裡只剩師徒三人，秋天的月色格外皎潔，幾乎把屋內的燭火都蓋過了。一時的沈默，讓席間格外顯得淒清。

「月箏，去把這兩道菜熱一熱。」謝涵白淡然吩咐，月箏也明白師父有話要與月闕單獨談，點頭拿著菜離開。

月闕喝了杯酒。「師父，我要一直駐守北疆，月箏……」

謝涵白一哂。「不用你嘮叨，管好你自己的脾氣就是。」

月闕明白師父話裡的機鋒，嘿嘿笑了笑。「放心，我雖然討厭他，還要繼續為他效命，直至更進一步。」

謝涵白笑著點頭。「你的機會就快來了，西海的都督許南雲是個野心勃勃的武夫，被人一鼓動就作起了春秋大夢，以為廢太子是他的墊腳石。真是個一石二鳥的好計策，既能名正言順地除去廢太子這個心腹之患，又能從杜家手裡挖回一些兵權。不得不說，那個人雖然是個狠心的丈夫，卻是個不錯的皇帝，江山在他手裡，宗政家的列祖列宗在黃泉下該高枕無憂。」

月闕冷笑。「我管他是不是好皇帝！既然他希望我能替他牽制杜家，我也樂意順水推舟，杜家能與他談條件，遲早我也可以。」

謝涵白為自己斟了杯酒，搖頭嘆息。「箏兒什麼時候能像你一樣？看著傻，其實猴精。」

月闕鬱悶。「我看著傻嗎？」

謝涵白認真地點了點頭，肯定說：「嗯。」

月闕忿忿，揚著頭喊。「月箏，菜熱好了沒？」

月箏端著菜回來，瞇眼看了看兩人，剛才準沒好話，不是說她就是說鳳璘，她才不要問。

「師父，你這星羅陣威力真那麼巨大？幾千人圍困也能安然無恙？」月闕吃著菜，表示完全不能相信，報復師父剛才對他的傷害。

謝涵白點頭。「幾千人絕無問題，再多自然就不行了，畢竟只是個陣法。不過……無論是杜家或者肇興皇帝，都不太可能派出上萬兵馬來對付渡白山。真到那一天，我自然也有辦法帶月箏安然離開。」

月箏默默吃菜，驟然聽見師父提起杜家和鳳璘，心裡還是有點兒怪。

月闕譏諷一笑。「杜家不能，新皇帝未必。他來找妳，不是餘情未了，」他看了月箏一眼，直白地說，口氣就像在說不相干的人。「男人最放不下的，是自己得不到的女人。比如說我，其實我是很喜歡小二的，所以才選她，但送走了夢玥，心裡就有點兒牽掛。再過幾十年，小二老得雞皮鶴髮，我心裡的夢玥卻還是個傾國傾城的美人兒。」

謝涵白呵呵發笑，點頭道：「有理，有理。」

月闕說得興起，自己又乾了一杯。「我能忍，可當皇帝的人，心理都有點兒變態，天下都是他的，只有他不想要的，沒有他得不到的，所以他寧可把月箏抓回去，慢慢不喜歡她，也不能讓自己總惦記她。尤其鳳璘那麼個心狠手辣的玩意兒，虧誰也不會虧自己。」

月箏淡淡一笑。「不管他怎麼想，我是不會回去的。大不了……」

謝涵白瞪了她一眼。「沒出息！大不了一死是不是？我怎麼會有妳這麼窩囊的徒弟呢？妳對不起他嗎？妳欠了他嗎？憑什麼妳死？就算回去，也該把他折磨死。」

「我同意！」月闕拍桌子。「不過最好還是別回去。」他又搖頭。「星羅陣雖好，不能離開，也等於是給自己造了所牢獄。」

謝涵白挑了挑眉毛。「心裡放不下，天地再大，去了哪裡也還是給自己劃地為牢，自由不了。放下了，就算棲身咫尺之境，也能海闊天空，妳，明白嗎？」

月箏不高興，無論是師父還是月闕，總對她旁敲側擊，很不放心她的樣子。「明白！」她大聲說，瞪了師父和哥哥一眼。

謝涵白嘴角下拉，端起酒杯，輕輕搖了搖頭。

第四十一章　故人相見

月闕走後不到一個月，如謝涵白預料的，西海都督許南雲擁戴流放西海的廢太子鳳珣為帝，起兵作亂。肇興帝宗政鳳璘立刻調遣了北疆都督原月闕帶著一萬兵馬火速入京，與杜家二公子率領的五萬兵馬匯合，由月闕擔任征西大將軍，西去討伐叛逆。

內亂興起，百姓惶惶，渡白山卻仍舊一片平靜無波，星羅陣將將修好，月箏每日指點工匠們在山間點綴樹木花草，似乎對外面發生的事情毫不關心。秋來日短，夕輝灑遍山谷也不見月箏回來，香蘭拿了一件披風循著山路來找，果然見無人緩坡的一片枯草地上，小姐抱著雙膝默默看山下接近收割的黃燦燦田原。落日的餘暉照在小姐身上，或許是她遙望遠方的寂寥神色，又或許是她身旁的枯草淒淒，如此嬌美的姑娘看上去莫名讓人生憐。

香蘭走過去為她披上披風，她已經非常瞭解月箏了，經歷了那場變故後，她越是表現得淡漠無謂，說明越是失望傷心。「在惦記少爺嗎？」香蘭也在她身邊坐下，沒話找話。「我聽衛皓說了，許南雲有勇無謀又剛愎自用，根本不是少爺的對手。」

月箏聽了淡淡一笑，許南雲不敵月闕，鳳珣……就要死了。月闕此刻的心情恐怕和她一樣難過，少年的玩伴全都變成了陌生人，還不如陌生人……都變成了仇敵。

她剛才還想起小時候鳳珣臉上驕縱又可愛的神情，想起他在她成親之夜跑來找她，被拒後的傷痛，他的妻子和妾室，他的孩子……她似乎都看到他被流放後的悽楚頹喪，他對父皇的愧疚自責，他對母后的思念傷感……即使是這樣的他，也淪為野心的犧牲品，或者說，像他這樣已經一無所有的人，鳳璘還是不肯放過。不用師父提點，她也想得明白其中奧妙，鳳璘暗中派人鼓動許南雲擁立鳳珣造反，鳳珣就算不答應，許南雲也不會顧及他的意願。北疆都督掌管了部分杜家軍去西征，分走兵權事小，壓制了小杜將軍事大，杜家二公子是杜志安最信任的兒子，不用言明的接班人，朝堂上那些見風使舵的臣屬立刻會明白皇帝的意思，掂量清楚該依附的山頭。

正如當初意氣風發的鳳珣淪為悲慘的傀儡，對她百般嬌寵的那個男人也變成了徹頭徹尾的帝王。他如今所做的一切，與他父皇當初對他又有何分別？當初他半真半假地說，還不能和她生孩子是怕孩子遭受他當初那樣的痛苦孤單，一轉眼，他卻讓別人的孩子遭受生死離別，只怕……敗落為寇的那一家人，都難倖免。

還是那種可悲的感受，她並不怨恨責怪他，因為如果他沒成功，如今遭受這一切的便是他自己。她只是覺得心寒……徹骨的心寒。

「回去吧。」月箏站起身，裹緊披風。

仗打了不到一個月，只有滿腹癡想的許南雲兵敗身死，廢太子也死於亂軍。

戰亂平復，又趕上舉國豐收，肇興帝顧念黎民疾苦，減賦大赦，百姓歡呼雀躍，稱頌聖上的文治武功，登基不到一年的皇帝儼然已被視為一代英主。接連而來的秋收節舉國歡慶，官府也舉辦了各種慶典，成為翥鳳五十年來最隆重的一個秋收佳節。

闔家團圓的節日，月箏只有師父一起共度，幸而有香蘭和衛皓相伴，也不至於太過寂寥。

節後三天便是謝涵白為香蘭衛皓選的成婚吉日，婚禮雖然極為簡單，衛皓還是守禮地把婚訊稟報了鳳璘。

鳳璘親自帶著賞賜趕到山下卻被星羅陣擋住，謝涵白特別高興，在婚禮上喝了許多酒，任憑衛皓怎麼懇求，也不肯告訴他上山之法，更不肯撤掉機關。衛皓無法，在婚房外向著鳳璘所在的方向長跪不起，一直跪到天亮。香蘭的洞房花燭夜白白虛度，一邊因為鳳璘被自己出錢出人修的陣法擋在山下而快慰不已，一邊又惱火衛皓的愚忠固執。

月箏第二天起得很早，出了房門看見衛皓還直挺挺地跪在院子裡，喜服上蒙了薄薄的寒露。香蘭一夜無眠，嘴巴翹得天高，罵得累了，委靡地白著臉，無精打采。

月箏吸了口氣，對夫妻二人說：「你們隨我來吧。」

山下停了很多馬車，都是鳳璘帶來的禮物，衛兵和車伕們一夜未睡，都歪歪斜斜地靠坐在地上，只有鳳璘馬車周圍的八個侍衛站了一夜仍舊脊背挺直，神色凜然。月箏看了看馬車上未散去的白霜，他又何必如此？斜靠在車前的總管梁岳見月箏三人下山來，滿面喜色，隔著車簾說：「皇上，原……小姐和衛統領夫婦來了。」

皇上……月箏的睫毛極其輕微的一顫，立刻撩起車簾出來的男人，五官明明一如往昔般俊美悅目，對他的陌生感卻比以往任何時候都強烈，她不得不細看他一眼才能確定。

「箏兒。」鳳璘平素波瀾不興的俊臉滿是擋不住的喜色，他的呼吸甚至都加快了。她肯來見他，讓他有些難以自控的興奮，她已經沒那麼生氣傷心了吧？

梁岳生怕自己露出驚詫的神情，深深垂下頭，這是他第一次看見皇上表現出喜悅和急切。

月箏向後退了半步，拒絕之意讓鳳璘立刻頓住腳步，眉頭瞬間皺攏。但是他什麼都沒說，她如果對他還是這個態度，無論他說什麼，她都聽不進去。

想了想，月箏終於還是沒有稱呼他，只對他深深地福了福。「我這次來，是希望你能給鳳珣的妻兒留條生路。」她斟酌了一下用詞，這只是她的願望，對他說了，該怎麼做還是看他的決定。

鳳璘看著她，還是那樣——她根本不抬眼看他。她來見他是為了給鳳珣的妻兒求情，她……在怪他殺了鳳珣？「這……」他一拉長語調，就顯得十分冷漠。「留下他們……」

月箏轉身就走，她不想再聽他說，他已經拿出皇上的腔調來了，她知道他一定會說：「留下他們等於養虎為患，須得斬草除根。」她已經沒什麼好和他說的了。

走回小院，謝涵白也已經起來了，負手站在屋簷下，似在欣賞落葉紛紛，見月箏走進來，只微微一笑，並不開口詢問。

香蘭和衛皓也跟著回來了，車伕侍衛們一趟趟搬運著賞賜。

謝涵白嘴角的笑意更濃了些，月箏去見鳳璘關掉了陣法，鳳璘也沒死皮賴臉地跟回來，這倒讓他對皇帝陛下的印象轉好一點兒，至少這人還算有些傲骨，也很懂把握時機。此刻他若步步進逼，只會讓月箏更加怨怒。

「都送了什麼？」謝涵白緩步走到已經堆成一片的賞賜旁饒有興趣地看。

「先生，你沒氣節！」香蘭對賞賜和賞賜的主人都看不入眼，恨恨地說：「就應該扔在山下，拒不接受！」這時候才虛情假意地來看小姐，早幹什麼去了？還害得她新婚之夜這麼「難忘」！

衛皓看了她一眼，也不回話。香蘭的不滿他當然明白，但他不能讓皇上難堪。

謝涵白對香蘭的話不以為忤地笑了笑。「和他怎麼講氣節？你踩的地都是人家的。就因為討厭他，才更該好好享受他給的東西，讓他深刻體會肉包子打狗還被狗咬的痛苦。」說著，還挑眉戲謔地看了看抿著嘴不高興的月箏。

月箏沈著臉，她當然知道師父說的狗是誰。

香蘭也知道，卻冷嗤著瞟衛皓，嫁禍江東地說：「最怕碰見忠心的狗了，傻得要命！明明包子不是餵他的，自己撲上去。」

衛皓和月箏額頭的青筋同時跳了跳，香蘭和謝涵白卻因為這句妙語而自得地哈哈笑。

很快就入了冬，渡白山地處廣陵郡，山間草木仍見綠色，月箏閒來撫琴作畫消磨時光，漸漸真心喜歡上這些她往日只為博取讚許而學習的技藝，頗有進益。

天陰陰的，午後飄起很稀薄的雪花，香蘭皺著眉從山下回來，對正在下棋的謝涵白和月箏說：「山下來了兩個怪人，既不求見，也不上山，只坐在山腳往山上看。」

謝涵白笑了笑。「什麼樣的人？」一定是鳳璘吃了星羅陣的瘧，找人來破解，他不甚在意地隨口問問。

香蘭眨了眨眼，想了一下才說：「一個是四十多的中年男人，長得不太好看，卻非常有氣派。女的……和先生差不多大吧，眉眼不如我家小姐精緻，卻有一股仙氣，右眼角有顆小朱砂痣。」

謝涵白持著棋子的手頓了頓，落下去的時候月箏皺起了眉，師父明顯心不在焉，這一子下去就要輸了。

「你知道他們是誰嗎？」香蘭問身邊的衛皓，衛皓還是萬年不變的面無表情，既不搖頭也不點頭。

吃過晚飯，天已經黑得濃濃稠稠，雪停了，卻起了刺骨的寒風。

謝涵白坐在火爐邊默默看門外的夜色，月箏知道他有心事，也不打擾他，暗暗猜測山下的兩個人到底是什麼身分，似乎香蘭那麼幾句模稜兩可的形容就讓師父猜到是誰。

靜寂的山間落了薄薄的積雪，踏雪而來的腳步聲格外清晰。謝涵白聽了，脊背僵了僵，月箏有些驚訝地去看他的表情，謝涵白的眼睛裡清輝閃爍，分不清是期待還是煩躁。

來人停在門外，月箏瞪大眼睛去瞧，男人站在女人身後，真的像香蘭說的，兩個人身上仙氣十足，像是不食人間煙火。男人表情冷漠，看見謝涵白的時候還表現出明顯的厭惡，女子卻淡淡一笑，聲音那麼好聽。「謝師兄。」

月箏噎了噎，師兄……難道這兩個人是師父的同門嗎？師父一向不與人交遊，也從沒提起親族故友，月箏下意識覺得他是從石頭縫裡蹦出來的，所以突然出現的「師妹」讓她極為震驚，就連香蘭都張大嘴巴半天合不攏。

一聲「謝師兄」讓謝涵白的眼神冷了冷，站起身十分客氣也很疏遠地回應了一句。「原來是韓師兄和蔣……師妹。」

月箏偷偷看了眼師父，他的口氣明顯是在賭氣報復。

韓成錦挑高了門簾，讓師妹進屋，兩個人不甚見外地坐在火爐邊，偏偏怎麼看都優雅。香蘭趕緊奉上熱茶，月箏親自端給兩位師伯。韓成錦趕緊站起來，點首道：「不敢當。」蔣南青也跟著師兄起身，不卑不亢地淺淺向月箏一福。

月箏尷尬，回禮後就想退走，卻被蔣南青叫住。「原妃請留步，我師兄妹二人此番受託前來，正是為了娘娘。」

月箏垂下眼，不知道該怎麼回答，又不好轉身離開。

謝涵白淡淡笑了笑，語氣裡帶著明顯的譏誚。「沒想到十年沒見，師妹破解陣法的本事更加精深，竟然只用了半天就破了我的星羅陣。」

蔣南青挑了挑唇角。「師兄不必妄自菲薄，不過因為你我二人師出同門，我又對你佈陣的技巧頗為熟悉才僥倖破解。」她又轉眼看月箏。「皇上此舉並非挑釁，還請原妃不要誤解。」月箏被她冷冷地一聲聲原妃叫得很不舒坦，又辯駁不得。

「我二人任務已了，這就告辭了。」蔣南青神色平淡，看向謝涵白的時候眼中也無波無瀾。「還請謝師兄不要再改動陣法，不然我與韓師兄還得前來叨擾，彼此不便。」

謝涵白還是一副不屑的冷笑神情。「師父一生清高，怎麼……二位如此為權貴折腰？」

蔣南青聽了，原本向屋外走去的腳步頓了頓，終於還是頭也不回地走出屋外，很快融入夜色之中。

韓成錦本想和師妹一起走，聽了謝涵白的話卻冷著臉等師妹離去，才看著他說：「小師弟落入皇帝手中，師妹與我不過是想救他回來。」看謝涵白的眼色更加厭恨。「你即便不打算回雪清谷娶師妹，也該明確拒絕她。這麼多年……她一直等你。」

屋裡的所有人聽了韓成錦的話都重重一顫，謝涵白緩緩站起身，似乎不能相信般喃喃問：「你和她……還沒成親?!」

韓成錦哼了一聲。「不知道師妹看上你什麼！你根本不懂她！」再懶得多說一句話，韓成錦也快步走出屋子追趕蔣南青。

謝涵白愣愣站在那兒，神色飄忽。

月箏和香蘭互看一眼，默默退出，各自回房。

月箏睡不著，總是反覆想韓成錦那幾句語調平淡的話，輕描淡寫卻讓她當時心猛烈一痛，他說的是一個女人最美好的十年歲月，蔣師叔一直在等師父？

一夜睡得不安穩，月箏起得非常早，卻發現謝涵白已經坐在廳裡出神。她走過去，輕輕坐在師父身邊，沒問，卻很希望師父願意說給她聽。

「月箏，為師要離開一陣去處理些私事。」謝涵白嘆了口氣。

「是去找蔣師叔嗎？」月箏忍不住問。

謝涵白頓了一下，堅定地點了點頭。「她已經等了我十年……」

月箏看著他，很認真地問：「師父，你去找她，是喜歡她，還是她等了你十年？」如果真心喜歡，又怎麼會十年裡不聞不問？當初又為何獨自離開？如今再想回頭，這感情也未必是蔣師叔孜孜求索的了。

謝涵白看著她的眼睛，笑了笑，自嘲且無奈。「韓師兄為人正直善良，一直苦戀南青。我覺得……南青與他成婚一定會比跟著我幸福，就對南青說，想趁年輕多遊歷體驗，不願早早成親捆住手腳。我以為……我離開了，她就會選師兄。」一開始不回去，是怕她不忘情，後來……想想見面的時候，她已嫁為人婦，他……不過是她年少時的一場夢。她如果生疏地喊他一聲「謝師兄」，他不知道自己會是什麼感受，這一避就是十年。

我以為……月箏挑著嘴角苦澀地一笑，師父並非完人，他也犯了男人很容易犯的錯誤。一句他以為，就耗費了蔣南青十年的青春。

謝涵白走了，香蘭才走進廳來，不斷回頭看謝涵白離去的背影，顯然什麼都聽到了。「我現在才知道先生為什麼會收妳為徒了。」香蘭瞥了眼月箏，語氣篤定。「蔣……小姐也是個死心眼的傻子，和妳差不多。」

月箏看了她一眼，用眼神威脅一下，香蘭這一打岔，她心裡那股翻騰不下的複雜心緒被沖淡很多。

衛皓端了早飯進來，香蘭一邊擺桌子一邊敲山震虎地說：「你主子真是越來越陰險毒辣了，我覺得他叫那兩個人來破陣是幌子，把先生勾走才是目的。」香蘭看了眼自家小姐，心裡忿忿地補一句：看著吧，先生前腳走，後腳人就來！

第四十二章 名動琴湖

月箏站在屋簷下看周圍淡如水墨的冬日山景，潔白的積雪隱約山間，更像一幅雅意十足的畫。

衛皓從山路間緩步走來，引著一個有些眼生的人進了小院，月箏看了兩眼才認出是鳳璘的內廷總管梁岳。梁岳穿著普通，態度恭謹，雙手捧著一個錦包，見了月箏，便一板一眼地跪下叩頭，頗為莊重地說：「給原小姐請安。」還把包袱舉高，捧過頭頂。

月箏看著他，淡漠一笑。鳳璘反覆表示，假以時日后位一定會留給她，所以他的下人不敢稱她為妃。「原小姐」這個稱呼，從鳳璘下人們的嘴裡喊出來比昨日蔣師叔坦然自若地叫她原妃更讓她難受厭惡。他視為珍寶的后位，對她來說一錢不值，她要的他給不了，他給的她卻不想要。

衛皓見站在月箏身後的香蘭撇著嘴沒有接過梁總管包袱的意思，只好自己捧過來，小心地打開。裡面是那件讓孫皇后妒恨不已的雪白狐裘，梁岳跪伏在地上，恭聲說：「皇上說，他對這條狐裘的看法從未改變。」

月箏疑惑地回想了一下，鳳璘曾經戲言，在他心裡，配得上這條狐裘的只有她。

她突然笑起來，其他三個人都有些莫名其妙。「拿回去吧，我不要。」月箏冷笑著搖頭，睿智如鳳璘者，一旦登臨極頂也不免陷入帝王的思考方式。他無法想像這世間還有他得不到的女人，無論這個女人經歷過什麼，無論她曾經如何絕望，只要他表示一下心意，這個女人一定會感激涕零，對他重燃愛意。

陷入後宮佳麗之中的他，把自己的心意看得太重，人人都想要，他肯給就是恩賜。

「原小姐，」月箏的拒絕讓梁岳很不安。「皇上並非不想親自前來，臨近新年，朝中千頭萬緒……」他急於向月箏解釋皇上的苦衷。

「嗯。」月箏不耐煩地皺眉，打斷了梁岳的話。「你走吧。」她已經不屑於對這個忠於鳳璘的下人再說什麼了。

梁岳又叩下一個頭。「皇上定會在新年慶典過後來探望您的。」

衛皓的眉頭也皺起來，知道梁總管這話會讓月箏更加厭恨，伸手拉起他，催促道：「我送你下山。」

衛皓的表情讓梁岳更加忐忑，走出小院才惴惴地問：「衛統領，我剛才說錯了什麼嗎？」他根本摸不著原小姐的脾氣，把事情辦糟的話，怎麼回去面對皇上?!

衛皓緩步走在前面，淡淡地說：「原小姐並不是皇上的妃嬪。」

梁岳是個聰明人，一聽衛皓的話額頭就浮起一層冷汗。皇上與原小姐的事，他深知原委，朝夕陪侍皇上身邊，原小姐的特殊是顯而易見的。他在宮中久了，難免對宮妃的怨懟習以為常，覺得就是因為恩寵稀少，他又想起剛才原小姐那充滿諷意的笑聲，後悔不迭，還不如只是把話傳到！他恨不得搧自己兩耳光。
衛皓送梁岳下山，回來便看見香蘭忙裡忙外地收拾東西，他詢問地看著妻子。
香蘭冷笑著看他，衛皓在她眼裡大多數時候都是鳳璘派來的奸細。「小姐打算下山走走。」
「這……不妥！」衛皓立刻斬釘截鐵地搖頭，謝先生不在，杜家最近因為連遭貶抑而動作頻頻，絕非小姐出遊的好時機。
香蘭嗤了一聲。「先生不在，么哪兒過年都是咱們三個人，何必死守在山裡？幹麼，日夜翹首盼著一代英主前來臨幸嗎？」臉一沈。「受不起！」
衛皓皺眉，就知道是梁總管那幾句話壞事！「香蘭，」他懇切地看著妻子。「妳先勸小姐多等兩天，待我……」
香蘭呵呵冷笑。「待你問過你主子是吧？憑什麼？想要關住我們小姐，再抓回去關在黑屋裡啊！假惺惺地放我們出來幹麼？」
衛皓口拙，向來不是她的對手，擰著眉不再爭辯。看月箏一臉決絕地從房間裡出來，已經換好了外出的行裝，絕無勸阻可能，衛皓只得先下山招呼暗衛行動，並傳訊給宮裡。
臨近新年，城市村鎮到處都喜氣洋洋，趕集賣貨的人比平時多了十倍。
月箏本就沒有目的，只隨意南行，碰見喜歡的城鎮就多住幾日。新年前後正是客棧生意最好的時候，幾乎處處掛著「客滿」的牌子，月箏卻從沒為此而煩惱過，只要她說打算住下，衛皓立刻就會找到最上佳的住所，偌大的客棧只有他們這一隊客人。四個暗衛變成隨侍，無時無刻地站在她身後，她從沒看過他們吃飯喝水，更加不說話。看著客棧門外熙來攘往的人群，再環視廳堂裡的寂靜肅穆，就連老闆和小二都誠惶誠恐地垂手站在她的飯桌邊，月箏覺得十分壓抑。

在渡白山的時候感覺還不十分明顯，再次回到人群中她才深刻地明白，鳳璘從來沒有放她自由過，只不過換了個更大的牢獄！

時刻警覺的衛皓和四個隨從，以及周圍埋伏的不知道多少眼線，是保護她不被人暗害，何嘗不是在監禁看守她？

如果說原來對鳳璘只不過是絕望，此刻真的是無奈又忿恨！他明明什麼都清楚，她對他已經死心了，他如今富有四海，美人在抱，根本不缺她一個，兩兩相忘是最好的結局，他何必這樣苦苦相逼？他這樣做只能讓她越來越恨他！如果他真的這麼在乎她、珍惜她，他們怎麼會變成現在這樣？就像師父說的，天之驕子不過是對無法得到的東西不甘放手！

江陵是出名的水城，每到夜晚，琴仙湖上畫舫笙歌遊舟吟唱，是翥鳳南國一等一的風流繁華之地。月箏要夜遊琴仙湖，衛皓立刻不知從哪兒找來一艘闊氣華貴的雙層畫舫。月箏站在船頭，心裡有說不出的滋味，師父說的沒錯，她和鳳璘講不起氣節。

那種發不出又嚥不下的悶氣讓月箏就要瘋了。「擺琴。」她皺眉吩咐香蘭。

夜晚的琴仙湖歌伎名伶、文人雅士雲集，月箏彈奏的〈雲唱〉是謝涵白新譜的曲子，月箏本是滿心憤懣的抒情之舉，沒想到一曲終了才發現湖面寂靜異常，其他遊船上的弦歌都停了，只有〈雲唱〉的回音飄渺地縈繞在燈影搖曳的湖畔。

月箏的畫舫上沒有點亮燈籠，周圍遊船上的男女都走到各自船頭向這邊觀望，甚至遠處的船隻也都聚攏過來，議論讚美之聲由竊竊私語變成高聲迎奉。月箏有些侷促，沒想到會引起這樣的關注，最靠近的船上燈光極亮，幾乎貼上月箏的畫舫時也照亮了這邊的人。驚嘆的抽氣聲頓時從四周響起，撫出這樣仙音的女子竟是這等美貌，這樣的驚喜向來是文人雅士甚至花叢豔客最喜歡的，氣氛頓時又爆了爆。香蘭滿面驕傲，衛皓卻面沈似水，乾脆走過來擋住探看的目光，半請半逼地讓月箏進入舫內。

周圍便響起連綿的挽留聲。「姑娘留步！」

月箏加快腳步，一時發洩竟會引來這樣的局面真是讓她始料未及。

「原……原月……」突然有人尖聲驚叫，衛皓的手都扣在劍柄上，眼風如刀，幸好那人也穩住心神，聰明地住了嘴。

月箏十分意外地去看認出她的人，一艘很花稍的畫舫，船頭站了幾個男女，尖叫的女人手還按著胸口顯然心有餘悸。月箏辨認了一會兒才認出那一身華麗裝扮的竟是笑紅仙。衛皓示意船伕把船划過去，月箏冷笑，想來他是要去恐嚇笑紅仙不要多嘴。

笑紅仙慌亂的神色漸漸退去，眉梢漸漸挑起，她的妝有些豔，挑眉笑的時候顯得諷意十足。月箏看了心裡不痛快，再不理她，進了船室。

月箏的船很快靠上了笑紅仙的船，外面眾目睽睽，衛皓也不好太顯痕跡。笑紅仙卻傲氣十足地高聲對衛皓說：「我要見見你們主子！說起來她還算我半個恩人。」

她船上的酒客立刻央求道：「紅老闆請務必也帶我們去見見剛才那位姑娘。」

衛皓沈聲拒絕。「不行！」

笑紅仙對衛皓從來就沒有好印象，冷笑一聲。「行不行輪不到你說話！原姑娘，見我一見！」

月箏微微一笑。「進來吧。」衛皓的態度讓她很不高興，無論他現在是什麼身分，笑紅仙說得對，她想見什麼人輪不到他作主。

一群人走了進來，笑紅仙還沒來得及說話，跟著她來的一位年輕公子先急不可待地搶上來。「請姑娘莫嫌冒昧，在下蘇澤，平日素喜音律，剛才聽聞姑娘天籟琴音三生有幸！」

月箏見他表情坦蕩真摯，眉眼俊雅，雖然是隨笑紅仙來的，倒也不怎麼惹人討厭，淡淡回他一笑。

蘇澤見她並不惱怒，很受鼓舞，急切地笑著問：「敢問姑娘剛才所奏何曲？我竟沒有聽過。」他的口氣有些托大，笑紅仙怕月箏笑話，連忙解釋說：「這位蘇公子可是江陵名家之後，我也是費了好大面子才請他前來教授我些曲目。」

月箏想起師父曾經提過，江陵的蘇家是琴曲世家，往往一曲譜成，全國傳唱。月箏不由得多了幾分和氣。「此曲為家師所作，名為〈雲唱〉。」

蘇公子十分激動，眼睛都發了亮，拿出隨身的長簫。「雲唱，雲唱！姑娘，倉促之間我譜得並不完滿，請姑娘多加指教。」蘇澤愛曲成癡，聽了〈雲唱〉靈感泉湧，立刻吹奏出一曲和歌，雲唱表現天高雲淡、高渺瀟逸，蘇澤吹的簫曲輕靈活潑，宛如雲間飛燕，聽得人心意也隨之紛飛起伏。

月箏被簫聲感染，也隨之撫起〈雲唱〉，琴音簫曲相合相應竟比剛才還動人心魄。

一曲終了，蘇澤興奮異常，忍不住上前握住月箏的手。「姑娘，我這首就叫〈燕語〉吧。」

月箏也沈浸在得遇知音的激動中，反覆輕唸。「燕語……燕語……真是好名字。」

衛皓的臉黑得不能再黑，皇上如果得知他讓其他男人上了原妃的畫舫已經是失職，現在還任由別人拉著原妃的手，估計會惹得皇上雷霆暴怒。顧不得月箏的態度，衛皓一使眼色，艙外的兩個侍衛立刻進來，毫不客氣地抓住蘇澤往外拖。

月箏大怒，瞪著衛皓責問。「你想幹什麼?!」

衛皓無語，外面撲通水響，蘇澤已經被侍衛扔進琴仙湖。跟隨笑紅仙來的男人都被侍衛冷酷的眼神盯得發毛，不用驅趕，倉皇地自動退回自己的船上，只有笑紅仙不改諷笑，挑著眉看月箏。

月箏氣得臉色發白，當著笑紅仙卻不想失態發作，抿著嘴唇一語不發。

「妳雖給了我五千金，讓我能到廣陵改名換姓創下這番家業，但當初妳那副嘴臉委實可恨！就像站在岸邊看一條落水狗，呵呵，現在妳不是和我一樣了嗎？」笑紅仙雖然口氣譏諷，但眼睛深處閃爍著辛酸的感慨。

月箏聽了愣了愣，隨即淡淡一笑，笑紅仙說的何嘗不對？

「我們小姐能和妳一樣?!」香蘭哼了一聲，鄙夷地看著笑紅仙。

笑紅仙知道她是在刻薄她老鴇的身分，眉毛更是高高地一挑。「不一樣！我比妳主子走運，因為……我還能隨意挑選我喜歡的男人！」說著哈哈笑著走出畫舫。衛皓還想攔她，她一瞪。「怎麼能活得更長遠，我知道。」

香蘭等她上了自己的船才嗤了一聲。「下流！」

月箏無心地撥動著琴弦，冷冷一笑。「她說得不對嗎？」抬眼譏諷地看了眼衛皓，衛皓低下頭。

第四十三章　面目疏離

江陵這一帶是鬗鳳人口最為密集的州郡，氣候比廣陵還要和暖，百姓極喜聚集歡慶，從新年到十五天天都有不同的習俗慶典，月箏去看了江陵有名的新年樂舞、花會、燈會……分散精力的事多了，倒覺不出無人團聚的孤清。

擠在密密麻麻的人群之中，衛皓和護衛們有天大的本事也使不出來，時不時就被擠得離月箏遠遠的。月箏也起過趁亂逃走的心思，幾次刻意不等他們靠近，專往人多密集的地方擠，還成功地拐入胡同，溜到少人的小道上，但往往是她還沒來得及高興，衛皓已經先知般等在她前面的去路，也不揭破她，只是表情淡然地請她回客棧，就連頻頻被她甩脫的香蘭也裝得好像什麼事都沒有似的。幾次折騰，月箏也死心了，暗中不知道還有多少雙盯著她的眼睛。

因為怕冷清，月箏很喜歡熱鬧的江陵府，一住月餘，江陵的桃花開得漫山遍野，就更不想走了。

幾乎每天月箏都要驅車去城外的桃花林遊玩，桃花的花期不長，她覺得十分惋惜，畫了幾幅得意的丹青，非常想給師父看，不知道他還會不會搖頭說有匠氣？月箏放下筆，看著滿眼花雨出神，不知師父和蔣師叔怎麼樣了？

衛皓這段時間話更少了，大概是擔當的角色實在尷尬。難得他主動走上前，躬身說：「小姐，請您收拾行裝，移駕廣陵府。」

月箏看了他一眼，扔下筆。「為什麼？我還不想走。」

衛皓表情格外凝重，直直跪下，語氣堅決地說：「請小姐移駕廣陵府！」

香蘭急了，跨前踹了他一腳。「你這是逼我們小姐啊？」

衛皓不吭氣，算是默認。

月箏冷笑。「他是你的主子，卻不是我的主子，我幹麼要去？」

衛皓深吸了一口氣，雙眉皺緊，猛地拔出腰間的匕首刺向自己的肩胛。「小姐，衛皓受命保護您的安全，還死不得。皇上有旨，衛皓必定竭盡所能達成。」匕首拔出來，鮮血噴湧，他又用力地刺入自己的上臂，沈聲說：「請小姐移駕廣陵！」

香蘭在他刺第一下的時候還強忍著沒說話，嘴唇卻抖得發不出語聲；在他刺入第二下的時候，香蘭終於「哇」地哭出來，撲過去死死握住衛皓要刺第三下的手，抖著身子要他別再刺。

月箏渾身發顫，氣憤、無奈、不忍……一時間腦袋亂成一團。「好了！」她尖聲高喊，把遠處的護衛都驚動了，從四面八方跑過來。「我去！我去！」她的聲音因為氣惱而斷斷續續，她是怪衛皓出這樣的辦法苦苦相逼，她更怪把衛皓逼成這樣的鳳璘！

前往廣陵的路上，月箏一句話也不說。越接近廣陵，百姓越是振奮歡鬧，皇上要去廣陵的天元山祭拜是件大盛事，街頭巷尾都在議論不休，一向喜歡熱鬧的她聽在耳內只覺得煩躁。天氣漸漸熱起來，她也不肯掀起車簾。

進了廣陵府，月箏立刻發現車馬並不足向行宮去，而是到了一所僻靜的大宅，她在廣陵府住了六年，都沒注意到有這樣一所占地廣大的宅院。她冷笑著看這所巨大卻僕役極少的院落，她現在果然是個他無法昭示於世的人，這是幹麼？金屋藏嬌？

當晚鳳璘並沒來，月箏沿途聽得多了，對皇上此次行程極其瞭解。他一面領著杜絲雨去天元山祭天，一面卻把她接到這裡，真是可恥得幾乎可笑！他為什麼要讓她越來越恨他了呢？

第二天月箏還沒起床，鳳璘已經來了，月箏在臥房內慢條斯理地梳妝洗漱，幸好他還有點兒分寸，只在廳裡等她並沒直接闖進來。月箏看著妝檯上的胭脂冷笑，闖不闖進來有什麼分別？只有在真正開始恨他的時候才更瞭解他的心思，這番假惺惺的舉動不過是給她設下的迷障！真要尊重她，怎麼會挾持她來這裡？一抬手掃落所有的妝物，香蘭嚇得跳了跳卻抑住沒出聲，她理解小姐心中的憤恨。

她幹麼要描眉畫鬢地打扮，等他恩典盼他臨幸?!月箏站起身，連髮髻都沒綰，面無表情地緩步走去廳裡。鳳璘默默坐在椅子上出神，聽見腳步聲，便把目光投注在陽光朦朧的門口。終於，那抹很久沒看見卻又時時在眼前的倩影遮住光線，纖纖剪影看不清臉面卻還是顯得嬌媚萬方。

「箏兒……」他站起身，走向她，就在要伸出雙臂的時候，進入廳內的她不再背光，俏麗眉眼間的冷漠和怨氣煞了他一下，鳳璘停住腳步，背脊一僵。苦苦一笑，他怎麼會不知道她的脾氣？「箏兒，別怪我逼妳來。」他喃喃輕語，如同嘆息，他只是太想她了，太想。這種想念隨著她離開他的時間而慢慢累積，多到讓他無可奈何的地步。

月箏看著他，生平第一次這樣怨恨。

鳳璘吸了口氣，輕咳了一聲，發現自己竟然不敢上前擁她入懷，曾經這對於他和她是那麼自然而然。就算她再不高興，他仍想靠她近一些，抬手握住她緊握的小拳頭，硬硬的骨感一下子刺痛了他的心。「箏兒，時機到了！」他有些急切地說。「祭過天元山，百姓人心安穩，杜尚書就會告老致仕……」

月箏看著他，突然就笑出聲來，鳳璘愣住，一貫淡漠的臉浮起一片惶然。她的笑聲裡充滿諷刺和悲憫，讓他覺得自己剛才那番解說是那麼可笑且可悲。他看著月箏，什麼都說不出口了……終於承認了心底從剛才看見她就產生的絕望。他苦苦謀劃，要獻給她的寶物……她視為糞土。

「鳳璘。」她耐下性子，最後一次試圖讓他明白。「你現在唯一能為我做的，就是放過我，讓我真正的自由。」

鳳璘沈默，陽光照進房間，他長長的睫毛垂下，月箏看著那兩片小小的陰影，突然心裡就泛了酸。「鳳璘，」她無法控制自己毫無預兆爆發出來的脆弱。「你別讓我恨你……」如果他肯，很多年後，他一定是她很美的回憶。少年的他、如今的他……無一不是她能想像的夢中人，年華淡漠了傷痛後，她會好好回想起他的美好的，一定會。

鳳璘的睫毛顫了顫，那水亮幽深的眸子看向她的時候，月箏沒有避開，她是真心在懇求他！他非要把一切都毀滅得乾乾淨淨，連當初那點兒自欺欺人的甜蜜回憶都不留給她嗎?!

「箏兒。」他嚥了下唾沫，眉毛陡然舒展，露出無奈卻決絕的神情。「我做不到。我要妳一直陪著我。」

月箏看著他，眼中的光芒瞬間黯淡。

他沒再看她，口氣也變得意興闌珊，這些天來他費盡心血達成的結果現在說來不過是幾句不痛不癢。「我終於可以把妳接回身邊，讓妳不再過躲躲藏藏的日子，我終於可以讓妳做我的皇后。不管妳怎麼想，不管妳信不信，我再也不會做傷害妳的事。」他淡淡一笑，那麼苦澀。「我現在是皇帝了，君……無戲言。」他握緊拳頭，在她面前剖開了自己的心，得到的還是她的冷漠和怨恨，這一刻的痛苦和悔恨他不堪忍受。他能怪她嗎?他能怪誰?

他與她擦肩而過，他必須逃開她的視線，他不想讓她看見他的狼狽和痛苦。

「一派胡言！你現在就在傷害我！」他身上帶的風拂過她的面頰時，她忍無可忍地大聲斥責。

鳳璘頓住腳步，卻實在無力回頭。「我想對妳好，就必須讓妳待在我身邊。」無論她多怨恨，他也沒辦法。就算這樣近在咫尺，她還像指尖的流沙，更何況放她遠走！之前是他做不到，現在……可以了。

「你想對我好？」眼淚不知道怎麼就淌了滿臉，燒毀理智的憤怒戳穿了這麼長時間的故作淡漠。「你想對我好，我們就不會是現在這種局面！」是的，她其實一直都看不開！被他逼至絕境她才肯對自己坦白，她不甘心！她愛他不夠深？不夠真？「你既然讓原月箏死了，又何苦非要逼我回來?!你想和杜絲雨雙宿雙棲，做到了啊，幹麼還非拉上我?!旁觀你們的幸福嗎？可悲地成為你三宮六院中的一個嗎？」

鳳璘直直地站著，對她的質問漠無反應，他只是說：「月箏，回來，妳就會知道我為什麼非要留妳在身邊。」

「你怎麼就不明白呢？」她也絕望了。「我根本就不想知道了！不想！」

這回他什麼都沒說，默默地離去。

一切語言都太蒼白無力，只要她再給他一次機會，他一定讓她明白……他到底有多愛她！

有多愛？他……也不知道，他只知道自己願意背棄絲雨一切的好，不顧後宮牽連朝堂的一切絲縷，她想要的生活他全明白，也知道做起來難如登天，但他願意盡力試一試！所有的憧憬……首先她要在他身邊！不管現在她有多恨他，遲早他會讓她原諒過往種種。他現在，只不過需要一個開始……

後院有座假山，月箏帶著香蘭沿著鵝卵石鋪成的小路走上山頂，半個廣陵府盡收眼底。

街道、集市、來來往往的人……月箏默默地看著，從小長大的城鎮，看著莫名就十分傷感。香蘭看著也輕輕地嘆了口氣。

一個僕婦快步跑來，到了山頂氣喘吁吁地通報說：「有人來訪。」

月箏皺眉，有些厭煩。

「是宮裡的杜貴妃。」僕婦惶恐地偷眼看著月箏。

杜絲雨？月箏舒開眉頭，倒真想去聽聽她來說什麼。

杜絲雨端莊地坐在廳裡，打扮得雅致而不張揚，看見月箏進來還站起身，禮貌周到。月箏站在廳口，微微冷笑著打量她。

「月箏。」杜絲雨猶豫了一下，主動走過來輕輕拉起她的手。月箏無法抑制自己微微一顫。這一瞬間，她是佩服杜絲雨的，她絕對做不到這樣。「跟我回去吧。」杜絲雨的聲音柔和，卻聽不出她的任何情緒。

月箏笑了一笑，果然沒猜錯，她是來給鳳璘當說客的，來示威或者怨罵都不是杜小姐能做得出來的，雖然那才是比較正常的反應。跟她回去……多麼經典的正房安撫小妾的口吻，杜貴妃入宮才一年，這副腔調已經爐火純青了。「我回去，妳怎麼辦？」月箏有些惡意地看著她笑，心裡也知道自己這是無謂的遷怒。杜絲雨有什麼錯？她非但沒有錯，簡直賢慧得足以母儀天下。

聽了月箏的話，杜絲雨那副雍容的神情終於露出一絲悲哀，她鬆開握著月箏的手，口氣卻極力顯得平淡。「我安心做我的貴妃。畢竟……是妳先嫁給他的。」後面那句輕得幾不可聞。

月箏要笑出來了，看見杜絲雨那副自欺欺人的樣子實在可悲才極力忍下，她不該對這個女人太殘忍，她何嘗沒像杜絲雨這樣傻過——只要那個男人高興，她做什麼都願意。

「妳怎麼沒想過，如果我不回去，皇后之位不就是妳的嗎？」月箏微笑著說。

杜絲雨突然凌厲地看了她一眼，這突兀的眼神讓月箏的笑凝在臉上，她沒想過杜絲雨會讓她看見這樣狠戾的神色，好像突然撕開偽裝露出本相。

杜絲雨看見了月箏的驚愕，並沒收斂自己的表情。她真的恨她，聽她這麼笑著說起皇后之位真的恨透了她！父親為了她冒險支持鳳璘，又為了她和杜家告老辭官，她離那個位置就差半步。這一年來，她已經知道，無論多努力，那半步就是她今生都無法越過的海角天涯，就算原月箏死了也沒用。她不知道她是怎麼做到的，月箏嫁給鳳璘也不過一年時間！

「妳知道那種感受嗎？」杜絲雨挪開眼光，廳裡的下人早就識趣地退開，她看著桌子上朦朧的光影，面無表情。「妳用盡全部心血去達成某個目標，結果沒能成功，別人卻輕而易舉地做到了。」

月箏垂下眼，她知道……她比任何人都知道！萬壽節的前一天，她被這種滋味苦透了心肺。

「妳把后位看得淡，卻還非要當著我的面說出來，的確很殘忍。」杜絲雨挑了下嘴角。

「絲雨……」月箏皺眉，剛才她的確錯了，她不該把對鳳璘的氣恨發在絲雨身上。絲雨……她曾以為絲雨是個幸運的女子，現在看來也和她一樣，是帝王家的犧牲品。當初她還很傻地問鳳璘，他是不是愛絲雨，假大方地安慰自己該安然離去，鳳璘本就應該與絲雨相守到老。現在她終於把他看得更透一點兒，這個生而為王的男人只愛他自己！他以為自己愛上了她，就把對他有恩的杜絲雨拋諸腦後。他不該千方百計地逼她回來，這只能讓她把他看得更清楚，對他更絕望！

「隨我入宮吧。」絲雨淡淡冷笑，正如月箏看她可憐可笑，這個自命瀟灑的女人還不是和她一樣，注定老死宮闈。她已經迫不及待地看月箏瞧著後宮妃嬪們的表情了，多一個人「分享」這種煎熬，她就覺得痛快一些。「妳也知道皇上的脾氣。」

月箏一凜，杜絲雨口中那聲「皇上」讓她寒透肺腑。

真是太諷刺了，絲雨和她一樣，從小與鳳璘一起長大，鳳璘能登基為帝，絲雨的功勞無法抹煞，這世上最有資格喊他名字的人，他的妻子，也要恭恭敬敬喊他一聲皇上。

「妳走吧，再別來找我。」月箏嘆了口氣。

絲雨也不想再與她多說，正色喊了聲：「來人！」

幾個太監應聲衝進來，外面隱隱有兵戈的聲音，剛才那個訴說幽怨的小女子不見了，廳裡只有高高在上的杜貴妃。

月箏並不驚慌，突然她也理解了鳳璘的悲哀，他何以要死死抓住她不放。改變的人何止是他？嬌嬌柔柔的杜絲雨，如今淡定用兵，要把她當成貢品獻給皇帝陛下。龍座的確是太孤高了，即使一路同行的人也變得面目疏離！

「絲雨，妳做錯了。」月箏惋惜地看著她，終於知道她的問題在哪兒。從小就知道自己要嫁入皇家的絲雨，對皇權認識得太過清晰。鳳璘不是皇帝的時候，她能做得很好，一旦鳳璘變成了她從小被教育要去侍奉的人，她就把皇帝和丈夫混淆一團，自己也變成了一個怪物。

「我的對錯，不用妳來評說。」絲雨笑了笑，語聲輕柔。「給我拿住她。」

第四十四章　愛恨難了

月箏沒有喊衛皓，杜絲雨有備而來，剛才外面又有兵戈之聲，太監們衝進來，衛皓和香蘭都沒阻攔就說明他們已被杜絲雨的人制住了。

太監們作勢要來捉她，月箏一橫眉。「我自己走！」

絲雨笑笑，下巴一點，太監們蜂擁而上，捉住她的雙臂，捏著她的下巴塞入一顆味道極苦的藥丸。月箏抿緊嘴巴，她什麼都不想再和杜絲雨說了，她連最後一點的尊嚴都不肯留給她。藥丸讓她四肢無力，連話都說不出來，太監架著她上了馬車，一路奔入行宮。她很好奇杜絲雨幹麼不直接打昏她，漸漸她懂了，馬車駛入宮門後減緩了速度，一點點接近宛似宿命的地方，她心裡窒息般的絕望越來越強烈了，杜絲雨是希望她能記住這種無力掙脫的悲哀感受。

車還沒停穩，一個老嬤嬤就神色惶急地掀開車簾，接過身後小宮女遞來的藥碗，急匆匆地灌入月箏的口中，灌得太猛，黑褐色的藥汁從月箏嘴角淌落，弄髒了胸前的衣服。

老嬤嬤剛退開，月箏已經聽見鳳璘風雷內斂的冷聲喝問。「你們在幹什麼?!」

車簾擋住視線，月箏滿嘴藥味，胸前又濕漉冰冷，十分難受。她很想知道，鳳璘知道杜絲雨為他所做的一切後，會不會讚許地誇她知情識趣、賢良淑德？車外很靜，鳳璘喝了一聲以後似乎再沒說話。

車簾挑開，月箏乾脆閉上眼，如今她不過是砧板上的魚肉，任隨宰割。

鳳璘見了車裡的月箏，重重地哼了一聲，似乎十分惱怒，但終於沒在眾人面前說絲雨什麼，只是探臂把月箏抱了出來。月箏固執地不肯睜眼，說不出此刻的感受，太恨又覺得太可悲，她連發火都不屑。滿耳風聲，鳳璘似乎走得很急，不停有人說「皇上萬安」。被他一顛，剛才吃下去的藥在小腹和胸口漸漸灼熱起來，身上又黏黏膩膩，月箏覺得呼吸都燥熱，嗓子發乾。問安的聲音變得稀少，周圍的空氣也漸漸潮濕，她渴得難受，不得不睜開眼，周圍似有淡淡的霧氣，是他寢宮裡的泉池。「我要喝水。」她羞惱不甘地開口要求。

鳳璘皺眉，眼神複雜地看了看懷中的她，嗯了一聲，快走幾步把她放入泉中，沒有喊人親自去取水。溫泉有些熱，一下子裹上來讓月箏更加難受，熟悉的慾念比平時強烈數倍，浸透的衣服纏在身上讓她煩躁不堪。「水！水！」她發了脾氣。

鳳璘拿著一大碗清茶快步從簾幕後跑過來，月箏幾乎是伸手搶過來咕咚咕咚地大口喝了下去，嗓子好受多了，心裡的燥火卻更盛。她突然明白杜絲雨讓人給她吃的是什麼藥，簡直要氣瘋了，氣得都無法去想杜絲雨到底想幹麼！

「滾出去！滾出去！」她恨透了站在漢白玉池邊看著她的鳳璘，所有的一切都是因為他！他踐踏了她所有的尊嚴，更可恨的是，他都不用親自出手，自有人替他做得淋漓盡致。

她用手裡的碗去砸他，他閃身躲過，嘩啦一聲響，瓷碗在大理石地磚上破碎的聲音十分刺耳。

「箏兒。」鳳璘臉色難看，眼裡翻湧的全是惱怒，顯然杜絲雨此舉並沒能討好他。他下水來抱住她，動作輕柔，他的身體讓她無法拒絕，她已經快要被體內越來越烈的火焰烤瘋了。「對不起……對不起……」他的吻綿綿密密地落下來。

月箏忍不住貼住他的身體時，被情慾遮蔽的眼眸中全是刻骨的恨意，喘息變得急促，但是她說出來的卻是詛咒。「我恨你！我恨不得你去死！」鳳璘聽了，眼中的悔意更濃。

月箏死死抓著枕邊的絲綢床單，太滑順，握不緊，手指糾纏得抽筋發疼。身體裡的他異常激越，近乎粗暴，卻奇異地紓解了折磨著她的慾火。以往的契合不再，她無心取悅他，但卻仍能被他帶入極樂天堂，在熾烈的快感中起起伏伏，她譏誚地享受著，現實永遠比理想可笑，以前她以為是因為心靈相通才達到那樣的快樂，原來就算彼此憎恨也無妨。

寢宮裡的燈盞徹夜不息，照得帳內朦朧生色，鳳璘清楚地看見了她臉上的諷笑，他的牙關緊了緊，不想理會心裡猛然翻出的種種情緒，放任自己沈迷於她帶來的愉悅。連他也不敢相信，即使這樣鄙夷厭恨的她，還是能給他帶來絕無僅有的滿足，是享受、釋放，更是心靈的休憩，一直被太多東西壓制的內心此刻無比放鬆。

一次高峰過去，他翻身在她旁邊躺下，平復著自己的喘息，剛才還炙熱的汗滴現在變成徹骨的涼意，她閉著眼，似在享受極樂的餘韻又像在譏諷剛才純粹的肉慾。

鳳璘黯下眼眸，幾次見她，他忍耐得十分辛苦，但他太瞭解她——最糟糕的情況已經發生，他碾碎了她最後的驕傲，她對他恨上加恨，化解這一切他要付出更多的努力和時間！

他剛才真的很惱絲雨，但責備的話卻無法說出口來，絲雨這麼做……也可憐。

鼓噪的快感漸漸平復，月箏握緊拳頭，藥物的作用又慢慢催逼上來，她咬著牙，默默忍耐。杜絲雨一向心思細密，只有她那樣的女人才會真正刺中敵手的痛處。杜絲雨說過，她怨恨她對后位、鳳璘的淡漠，她百般取悅奉迎的「皇帝陛下」被自己這樣漠視，連杜絲雨也覺得被侮辱了。所以她要她向他乞求，讓她和後宮其他的女人毫無二致，只能卑微地向這個男人乞求！經過這樣無休無止需索的夜晚，她還如何在他面前冷冷地昂起頭顱？他一輩子都會記得她是怎樣求他施與！

鳳璘似乎感受到她又再升起的熱度，撐起身吻著她再次鼓舞狂躁起來，漫長又短暫的瘋狂一夜，他從不讓她流出半分乞求需索之態。對他的這份細膩體貼，月箏只輕淺地軟了一下心，這不過又是他的攻心之術吧？他又想把所有的事情都推在杜絲雨身上，自己處處表現得柔情密意。他和杜絲雨相互配合得如此默契，即便他自以為顧全了她最後的一點兒尊嚴，更讓她厭棄他城府幽深的性格！

終於解脫了藥力的煎熬，她疲憊地軟癱在他懷裡，連掙扎著推開他都有心無力。

外邊響起悠長的梆子聲，已經到了起床的時辰。

負責起居的管事太監湯立按照慣例站在頭道帳幕外低聲叫起，鳳璘飛快地應了一聲，怕打擾了將將入夢的月箏。

「皇上，留嗎？」湯立循例問道，剛進宮門的梁岳白了臉，搖手阻止已經晚了。

原本昏沈欲睡的月箏猛地睜開了雙眼，幽黑的眼眸泛起冷冷的清輝。留不留……與她徹夜纏綿的男人在旖旎過後就要冷漠地決定要不要她孕育他的孩子。後宮的女人可能對此習以為常，但她卻受不了！她突然厭恨自己曾對他說要生一大堆皇子公主。

「退下去！」鳳璘厲聲喝道，昨日勉強壓服的怒氣一下子爆發出來。「掌嘴二十！」

幕外的湯立十分委屈，跪下還要求饒申辯，被梁岳慌亂地捂住嘴巴拖了出去。

「叫香蘭來。」月箏再無睡意，冷聲說。

鳳璘點頭，隔著簾幕低聲吩咐外面的梁岳。他不急著梳洗上朝，走過來抱她的時候甚至有些小心翼翼。「去洗洗吧。」他輕聲說，抱她去側殿的泉池。

不再被藥物蠱惑，月箏泡在池水裡想起昨晚種種不由得再次羞惱不堪。身後的鳳璘正為她揉洗絲幕般的長髮，細細塗抹上香膏彷彿手中的是無價珍寶。她回過頭冷冷地盯著他看，這副珍惜憐愛的嘴臉格外讓她噁心。

鳳璘停下手，他竟會在她的注視下感到一陣赧然，明知她現在對自己只有憎恨和厭惡，他仍是這樣的留戀她的一切。她的長髮在他指尖飄蕩的感覺那麼熟悉，就好像又回到了在豐疆的時候。

月箏忍不住冷笑出聲，赤裸著身子就從池中離開，她還怕誰看呢？

鳳璘也趕緊跟著出來，配殿沒有準備女子的衣物，他抓起桌上放的浴巾披裹住她，才回身拿過裡衣胡亂套上。梁岳早就在寢殿裡備好穿戴梳妝等物，伺候梳洗的宮女也等候在簾幕外。月箏看了看托盤裡的衣物，竟是皇后的常服。

「皇上。」梁岳聽見聲響，躬身詢問。「奴婢們進來伺候嗎？」

鳳璘徵詢地看了看月箏，她面無表情，便嗯了一聲。

宮女們伺候月箏梳妝的時候簡直誠惶誠恐，湯總管因為說錯一句話就挨了二十個耳光，人人自危。

月箏緩緩打量著這間寢宮，奢華，倒也不見得，雖是行宮也頗具帝王的雍容厚重之氣。多少陰謀籌劃就在這間高闊宮室裡誕生，華麗的龍榻上他又與多少女人同床異夢？這麼一想，這間充斥著明黃色的殿宇到處都是散不開的陰鬱。

一面牆上難得掛了幅用色明麗的丹青，十分眼熟，竟是她在桃林時畫的。那種處處被制約、時時被監視的惱怒立刻沸騰，月箏霍地從妝凳上站起來，小宮女正要為她綰上鳳釵，不防她突然起身差點劃傷她的臉。小宮女嚇壞了，抖著身子匍匐在地上連聲討饒，其他宮女也都跟著跪了一地。月箏看都不看，直奔那幅畫，用力地從牆上扯下來恨恨地撕成碎片。

鳳璘並沒阻止她，看見她的手指被劃出細細的傷口才深皺雙眉，一把摟住她，無奈地嘆了口氣。「箏兒……好了，都是我的錯。」他輕聲安撫，卻被她猛地推開。

站在宮門口的梁岳支支吾吾地欲言又止，鳳璘看了他一眼，他才戰戰兢兢地說：「左司徒在宣德門外請皇上上朝議政。」

鳳璘皺眉，他一向理政嚴謹，被臣子催促早朝還是頭一遭。

「箏兒，」他無奈地看了看她。「我去去就來。」

月箏漠然不答，香蘭這時候已經急匆匆地跟著一個小太監趕來了。

「藥呢？」月箏淡漠地問香蘭。

已經走到宮門口的鳳璘猛地轉回身，直直地看著她。

月箏不理會他的眼光，香蘭向來伶俐，進宮前就把避孕的丸藥隨身帶來，月箏就當著鳳璘的面冷著臉吃下，心裡一陣痛快。

鳳璘黑眸深深，看了她一會兒，終於什麼都沒說，走出寢宮。

第四十五章 重回故地

情緒再怎麼翻騰，身體已經疲憊到了極限，月箏昏沈一覺睡到天色擦黑。

見她醒來，宮女們小心翼翼地侍候她穿戴，月箏推開宮女欲往她身上披的皇后衣裝。「妳們下去！」她對鳳璘寢殿的宮女也沒好氣。

鳳璘處理完朝務，連衣服都沒換就直接回了乾元殿，燈盞剛剛被點上，璀璨燭火中月箏只穿著雪白的裡衣坐在床上出神，他頓住腳步，又是那種神色——和在密室裡一模一樣。

餘光看見刺眼的明黃身影，月箏緩緩轉過頭，這是她第一次看他穿皇帝的朝服，比想像中還要好看。只是……這明黃衣衫改變了所有人。

鳳璘皺了皺眉，招呼宮女為他換了便服，這才走過來輕輕坐在床沿，他不想讓她以為經過昨晚，他就對她很隨便。

「月箏，」他知道她不會愛聽，但他必須說明。「我已命人去北疆接岳父母和月闕，四月十八是個大吉之日，我以皇后之禮迎妳入宮。」

月箏好像沒聽見他的話，良久才說：「不。」

鳳璘覺得疲憊不堪，勞累了一天，又面對這樣的她，連心跳都沈重得讓胸口發悶。「箏兒，過去的一切就都過去吧。」他的聲音低沈，接近懇求。「我們重新開始。」

月箏在心裡冷冷一笑，果然她的拒絕是沒用的，他從來沒給過她選擇的權力。

「別讓我父母和月闕回來。」她說。

鳳璘一喜，原來她說的「不」是這個意思。「北疆寒苦，等猛邑內亂平息，我就讓月闕擔任右司馬，入京供職。」他想讓月箏以原家「二女兒」的身分入主曦鳳宮，以解天下人疑惑，所以原氏夫婦不回京恐怕不妥，但他不敢在月箏面前說出來，怕她又胡思亂想。

右司馬？月箏輕淺地挑了下嘴角，她再次把他想得簡單了，以為他真是不能忘情才鍥而不捨。杜志安雖然歸隱，他的二兒子卻擔任著左司馬的職務，掌管翥鳳一半兵權，鳳璘繼位後與杜家的關係十分微妙，看來她能登上后位，八成是屢建奇功的哥哥幫了大忙。原月闕是目前制衡杜家最佳的人選，這樣很好，她不在了以後，鳳璘也不會傷害原家任何一個人，因為……對他來說還有用。

杜絲雨，她，這就是她們得到的愛情，這就是她們深愛過的男人。

確定自己不會露出譏諷口氣，她才緩慢地開口。「我欠父母太多，為了我，他們遠走北疆，如今又為了我，被你一紙詔書莫名其妙地召回來，做女兒的愧對他們。」她抬眼直直看著鳳璘。「我要親自去接他們回京。」

鳳璘猶豫。「妳身體單薄，來回路途迢迢，我怕……」

月箏皺眉，恨恨地扭過臉不再看他，長長的羽睫賭氣般輕輕顫動，鳳璘看得心裡一痲，這撒嬌的樣子他已經太久沒瞧見，忍不住溫柔一笑，不由自主地攬住她的纖腰。「隨妳，只要妳高興。」

寵溺的口吻、寵溺的眼神……正如以前的鳳璘，就是當初這麼柔情脈脈的他，百般溫存時心裡想的卻是讓她一死以成就他的大業。她緊握雙拳才忍住沒推開他，噁心，除了厭恨就是噁心！

「今晚你去別處睡。」話說出口她也覺得冷硬得太露骨，捏著嗓子放輕語調。「我太累。」

鳳璘心領神會地笑了笑。「好，我去前殿安歇。」

月箏點點頭，順勢躺下脫出他的懷抱。去前殿安歇？是為了表現對她的忠貞和誠意嗎？真是虛偽得讓她發笑，三宮六院和杜貴妃就擺在那兒，廣陵行宮不大，說不定就在隔壁宮室，他這番表白簡直蒼白無恥。

月箏第二天就要動身，鳳璘也不阻攔，她能如此平靜地接受這樣的安排，他已心滿意足。衛皓加封了宣威將軍，香蘭也成了四品誥命，這樣的榮寵卻沒人敢在月箏面前笑。香蘭不肯穿四品夫人的衣裝，還憤恨地瞪衛皓，這些都是他逼迫小姐得來的。

這段時間總出門在外，一切現成，月箏坐進馬車，鳳璘站在窗外以為她怎麼也會向他道聲別，但她只是靠著坐墊神色疲倦，一眼都沒向他看過來。鳳璘苦澀一笑，輕拍了下窗櫺引起她的注意，說：「一路平安。」

聽了他這句話，月箏的嘴角突然彎起，竟然回了他一個笑容，鳳璘皺眉，明明是他想念不已的甜蜜笑顏，心裡卻莫名有種說不出來的感覺，看到她笑容的驚喜感覺驟然梗在心裡。

馬車吱吱嘎嘎地穿過行宮高高的門樓，月箏伏在窗邊看，突然就呵呵笑起來。正在為她倒茶的香蘭聽見，以為她是因為能離開這裡才如此開懷，心裡驟然泛酸，小姐實在可憐，雖然現在輕鬆發笑，遲早……還是要回到黃金牢籠。

月箏回手接茶，看見了香蘭的表情心裡明白她的想法，卻不斂笑容。杜絲雨讓她絕望地體會了無力掙扎的痛苦，所以此刻離開的感受加倍暢快。只要能離開，她不惜用任何手段。

北疆的春天照例遲到，遙遙望著內東關那座讓她刻骨銘心的城樓時，道路兩旁煙柳初綠。無論是冬天的荒涼，還是春天的明媚，遙望內東關的感覺永遠悲傷，這次她真的已經絕望。

月闕從城裡疾奔而來，馬上的身影堅毅俊朗，月箏看著，已經沒了他年少時的浪蕩不羈，挺直的脊背、平實的肩膀……她的哥哥也是個頂天立地的大男人了。小時候總是他惹父母生氣，沒想到長大了，卻是她讓爹娘操碎了心。

「妹，爹娘也來迎妳了！」他離她很遠就揚聲大喊，用馬鞭指了指城門方向。原家夫婦的馬車速度不慢，月箏剛從車裡下來，夫婦倆就到了面前。兩位老人拉著女兒的手，老淚縱橫，失而復得卻也這樣心痛。

月箏想放任自己像孩子一樣向父母撒嬌哭泣，終於死死忍住，抽出手來反握住父母顫抖的手，微微笑著說：「爹、娘，我會過得很好，你們……再也不要為我哭了。」

晚上，月闕在帥府設了宴，全家人聚齊說笑，雖然團圓的快樂有些刻意，但仍舊十分溫馨。

原學士拙於談笑，於是高聲吟誦了他新寫的關於邊塞的長詩，月箏和月闕還像小時候那樣表情怪異地互相看著，強忍笑意。原夫人淡定吃菜，只有駱嘉霖認真在聽，還不時叫好，原學士受到極大鼓舞。一首長詩終於唸完，駱嘉霖激動地拍手，原學士慈愛地看了看兒媳婦，讚許說：「還是小二懂得欣賞，不愧是駱家的女兒。」

月箏聽爹爹也叫她「小二」一下子笑出聲來，月闕很鬱悶，搖著頭鄙視妻子。「小二妳真虛偽。」

駱小二很真誠地反駁說：「我真的覺得公公寫得好，我爹寫的比這個爛多了。」

原夫人聽了也呵呵地笑著放下筷子，坐在最下首的香蘭一口酒全噴在衛皓袖子上了，衛皓也抿著嘴微笑不語。

原學士又抑鬱了，坐下吃飯。

月箏不想讓歡樂的氣氛淡下去，故意逗駱嘉霖說話。「嫂子，妳為什麼叫小二啊？」

駱嘉霖皺眉不平。「死月闕總說我是二房，那天明明是我比沈夢玥搶先半步跨進大門的！」

月闕有點兒受不了她，斜眼看著她說：「妳好意思啊？那天妳不是絆在門檻上了嗎？」

駱嘉霖不服，柔柔地挑著眉較真，細聲細氣說：「你就說是不是我先進門的吧！」

月闕想了想當時的情景，無奈地認可她的觀點。

一席飯因為活寶夫妻吃得笑聲不斷，月闕喝醉了，被駱小二拖回內室。酒量不佳的原學士也因為高興，喝得暈暈乎乎，原夫人囑咐月箏早點兒休息，也和他一起回房了。

席間只剩月箏和香蘭夫婦，頓時冷清了下來。

月箏喝了口酒，慢慢環視著這間帥廳，月闕沒有改變這裡半點陳設，她是這樣的熟悉，好像鳳璘隨時會從內室走出來坐到帥案後面辦公。

香蘭站起身。「小姐，回房吧。」如今睹物思人，對小姐來說真是很殘忍。

月箏站起身，走到門外，就連長長的圍廊也都一絲未變。「你們先下去，我想一個人走走。」

香蘭還想說什麼，被衛皓搖頭阻止，兩人默默離去。

月箏看樹梢上的月牙，就連季節都一樣，她走了幾步，回身看燈火明亮的帥廳，剛從敵營回內東關的那晚，她也是這樣在黑暗裡看著廳裡的明亮、痛苦和失落明晰得就好像她又退回了那時那刻。

夜風拂在臉上，刺痛的是眼睛，冰涼的是內心。

一樣的季節，一樣的地方，人卻變了。這裡有著太多她和鳳璘的甜蜜記憶，真的回來了，她才最深刻地感悟，就算鳳璘可以讓一切看似回到當初，也沒用了。

「箏兒。」原夫人從圍廊拐角的黑暗裡走出來，停在一步外藉著幽淡的月光看著久別重逢的女兒。「妳瞞不過我。」

臉上的淚沒有乾，黑暗中月箏沒有抬手去擦。「娘，我真是天底下最不孝的女兒。」

原夫人哽咽了一下，努力地笑了。「還不至於，只要妳還活著，就算不得最不孝。」

月箏也笑了，眼淚又流出新的一行。

「不用擔心我和妳爹，無論妳怎麼決定，我們都支持。」鳳璘的計劃早通過密報告知了月闕，原夫人瞭解女兒，鳳璘只會把她往絕路上逼。

月箏等直衝腦門的酸意過去，才開口：「娘……我不要回去。」

原夫人沈默了一會兒，嗯了一聲。「我也覺得要妳去當皇后實在很不靠譜。」

月箏也含淚笑出聲。「就是。」

廳裡傳出駱小二的抱怨聲。「真討厭！喝什麼粥，就是折騰人！」一邊說一邊向廚房走，沒看見暗處的母女二人。

原夫人等她走遠，深吸了一口氣。「我回房了，要走早走，我們老兩口眼不見為淨，拖長了我們也難受。」走了兩步又頓住。「就算為了我們，妳一定要過得好。」

月箏一笑。「娘，妳放心，我知道該怎麼辦。」

月闕和衣倒在榻上一動不動，月箏放輕腳步走進去。「哥。」她試探地叫了一聲。

月闕沒動靜，月箏放了心，這裡也曾是她的臥房，輕車熟路地去書案抽屜找出關的令符，可惜沒有。

「粥……粥好了沒有？」月闕突然嘟囔了一聲，口齒不清。「熱死了！」他搖搖晃晃地背對著牆坐起身，胡亂脫了外衣甩在地上，啪的一響，原本掛在腰帶上的令符也被帶了下來，摔在石板上。月闕又躺下去，沒了聲息。

月箏走過去撿起令符，對著哥哥的背說：「哥，多保重，替我……盡孝吧。」怕忍不住哭聲，她疾步扭頭跑了出去，她知道月闕是故意的，娘和他一早就猜到她的心思，處處成全她的任性。

今生她虧欠家人的，太多，太多。

第四十六章　天淵河畔

回房換上早就暗暗準備好的男裝，等夜色更沈了些才帶著小小的包袱溜出帥府，因為有了月闕的令符，一路沒有受到任何阻撓。

內東關城池不大，一會兒就到了北門，就算有都督的令符，半夜開城門也讓衛兵十分疑惑，值夜的頭領要月箏稍等，打算派人去核實原都督是不是真的這個時候派人出城。

月箏有些著急，就為了擺脫衛皓才挑選了深夜離開，衛兵一去問，想走就難了，總不能讓月闕和衛皓因為她正面衝突吧。

「都督令符在此，還問什麼問！」月箏忍不住提高了嗓音。

一個人從城樓上走下來，沈聲道：「什麼事？」

雖然面貌陌生，他的聲音、他走路的姿態，讓月箏一眼就認出他是竇丹青。心裡一涼，碰見了他，今天她恐怕絕難出城。

竇丹青面無表情地看了她一眼，沈默不語，衛兵們有些狐疑地看著他等命令。

「既然有令符，那就開門。」竇丹青平靜地吩咐，月箏意外地瞪大眼，他明明認出了她，為什麼放她走？他是鳳璘的心腹死士，留在這裡明顯是盯著月闕的。

不管怎樣，看著巨大的城門緩慢被推開，月箏真如逃命一般向城外疾走。馬蹄聲在深夜起了回音，聽起來更雜遝紛亂，月箏簡直跑起來了，是衛皓！他一直很警惕，只是沒料他會來得這麼快。月箏聽見身後的竇丹青沈聲說：「關城門！」

月箏太過驚訝，忍不住回頭看了一眼，背對著她的竇丹青正拉開弓，嗖地一聲把箭射在衛皓坐騎半丈前的地上，駿馬疾馳中受了驚，長嘶著抬起了前蹄，衛皓大驚失色地拉緊了韁繩。

竇丹青冷聲道：「快走！」月箏如夢初醒，回身拔腿狂奔，遠遠地似乎聽見他說：「今天，我還妳一命。」

城門哐噹噹倉促關閉，大大的響聲迴蕩在周圍死寂的幽暗，月箏跑出很遠還隱約聽見衛皓在大聲喊，質問竇丹青想幹什麼。

月箏跑進樹林，雖然這樣腳程慢些，卻容易躲避追捕。也許竇丹青是因為當初傷了她而心懷愧疚，也許……她離開翥鳳是天意。

疾走了一夜的路，並沒有追兵趕來，看來月闕又為她善後了，他不發兵符，衛皓再大的本事也調不出兵士。鳳璘再憤恨，一來她走也走了，二來月闕目前無人能替代，想來絕對不會為難原家，月箏苦澀而笑，她的愛情為家人招來的全是災禍。

大彤關已近在眼前，因為與翥鳳休戰，兵力又被調走平叛，守關的護衛人數不多。很多翥鳳商旅也帶著貨物進進出出，月箏沒有引起任何懷疑，順利地進入了猛邑國境。

在兩國相鄰的城隘還不覺得，到處都能聽見翥鳳官話，深入了猛邑，月箏才真的有流落他鄉的感慨，滿耳只有猛邑語聲。她也入鄉隨俗換了打扮，略作易容，混在被內亂困擾的倉皇百姓中間毫不起眼。投棧吃飯，她孤身一人多少有些勞心疲憊，最糟糕的一晚還睡了通鋪，聽著此起彼落的呼嚕聲，她抿著嘴笑了，這就是她要的自由。天地廣闊，總有鳳璘的手伸不到的地方。

即使鳳璘表現得再克制，她也看得出，他其實深信不疑，只要把她抓回去朝暮相對，她遲早還會變得如往日那般愛得卑微。

不，她絕不要成為第二個杜絲雨！為他死，是原月箏心甘情願的，但她卻再不想為他活！他把她逼得太狠，她也只能如此還以顏色。

一路向北，她極少開口說話，怕被看出是翥鳳人平添麻煩，在雋祁營中學的猛邑話幫了她的大忙，日常對話她都勉強能聽懂，順利來到了猛邑極北的洛崗。她行程緩慢，到了這裡已是初秋，廣袤無垠的平原一派金黃，總有臨近傍晚的感覺。

地一開闊，天空就顯得格外高遠，幽藍的顏色倒映在散亂分佈的湖泊上，明淨萬端，好像來到了天地之極。

空氣有些寒涼，月箏大口地呼吸著，風吹拂起頭髮，她忍不住閉眼，就好像飛起來了。她喜歡熱鬧繁華的地方，可置身在如此靜謐的荒原也十分享受，心也變得如這裡的水一樣乾淨透明。傳說蜿蜒在這片無際蒼茫上的天淵河劃分了陽世和冥界，河的另一邊是寸草不生的死國。

她沿著靜靜流淌的河水行走，岸邊的蘆草都枯萎了，粼粼的水光映襯著漫向天邊的衰草，讓人起了無限感慨。她不用問路，幾十里不見人煙的荒原上，雋祁的住所十分惹眼，質樸厚重，像一座小小的堡壘，偏偏後院接連著一處小湖，剛柔並濟。

在水流淺緩的地方，她蹲身洗了洗臉，水很涼，洗掉了易容的藥水，皮膚被水冰得更顯細膩瓷白。她不想讓雋祁看見她一副醜醜的落魄樣子，水裡倒映的人影，她細細看了一會兒，明明還是那個俏麗佳人，原本眉梢眼角拂不去的笑意卻不見了。

淺灘上游就是河水的轉折處，月箏突然有些緊張，畢竟，再見雋祁的那一刻起，她的人生將會是完全嶄新的局面了，原家小姐，豐疆王妃，鳳璘的妻子……終於死得徹徹底底，這雖然是她決然追求的，真到了最後的時刻，心裡還是千頭百緒。

還以為見面會有些緩衝，她沒想到，只是轉了個彎，她就看見了他。

這麼冷的天氣，雋祁仍穿著薄衫，挽起袖子在河裡刷馬，四個隨從都縮著脖子，坐在河灘上說笑。月箏頓住腳步，愣愣地站在河畔看他，她以為他成為敗寇，流落荒蠻會頹唐萎靡，似乎沒有，他朗朗的笑聲讓秋天的荒原也增添了生氣。他素來愛馬，認真刷洗馬鬃的神情桀驁而溫柔。

四個隨從先看見了她，極為驚愕地張大嘴巴看這個似乎從天而降的美女。跟隨王爺來到洛崗的美人不少，卻沒一個能比得上眼前這位。

雋祁終於發現了異樣，先回頭看了看隨從，順著他們的眼光看見了她。

握著刷子的手慢慢垂下，他沒動，只是站在冰涼的河水裡直直看她，幽黑的眸子掠過一絲驚詫，然後全變成深冥的了然。

這麼默默相看讓月箏有些受不住，緩緩走向他，微笑著問：「這回……吃飯管飽嗎？管飽，我就留下。」

雋祁聽了一笑，把刷子扔在水裡，快步走向她。「吃飽穿暖，不成問題。」他又呵呵地笑起來，水光映亮了他的眸子，他一把抱起她，高興地轉了個圈。

被他摟住的瞬間，月箏無法遏制地輕顫了一下，抗拒他似乎還存在於她的潛意識。她被他轉得有些頭暈，仰頭看他，猛地墜入他那雙因真心喜悅而亮晶晶的漂亮眼瞳，心，一下子酸了，他見到她竟是這麼真摯的高興，摟住她的雙臂透出萬般憐愛。就這樣吧……她抬手環住他的脖頸，她是如此的卑鄙，只是想利用他，可就憑他此刻的真誠和笑顏，作為補償也好，被感動了也罷，她會做好該做的。

「看，」她壓住心裡的一切，也刻意遺忘了全部。「我是個誠實守信的女人。」她說得頑皮而自嘲。

雋祁聽了，揭露她般壞壞一笑。「騙子！」

她也笑起來，就知道瞞不過他，把臉埋在他的胸口是不想讓他再那樣敏銳地看著她的眼睛。「不管怎麼樣，我不是來了嗎……而且，再不走了。」

雋祁沈默了一下，大聲說：「好！」

第四十七章　埋骨洛崗

雋祁抱她上馬，牽起韁繩的時候還向她笑了笑，那笑容璀璨得讓月箏訝異，她也微笑看他，或許偏安在靜默如世外一隅的荒蠻之地，反而不用處處算計熬心。也許是擱置了野心，也許是真的看開了，雋祁畢竟是個灑脫的人。

慢慢走向雋祁那座小小堡壘的時候，月箏不知道為什麼自己會突然回頭看了看，一路從廣陵到了這裡，她從未回頭看過。來時的路因為河灘轉彎，而隱在淺坡之後……什麼都看不見。月箏扭回臉，垂下了長睫，永久地記住了剛才回眸所看見的景象。她沒有過去，也沒有退路。

雋祁的流放生活比她想像中要好得多，他從小帶兵，就算護衛只有數十人也被他訓練得氣勢不凡，寥寥六人站在門口也頗威風。

厚重的石牆裡面，是幾座單獨的院落，讓這個堡壘看上去更像微縮的小城池。見主人回來，路邊的下人都紛紛問安，為首的那個月箏覺得眼熟，那個人也冷著臉看她，態度並不友善。月箏想起來了，就是那晚協助她逃離猛邑大營的登黎，雖然他對她無甚好感，月箏卻和氣地向他笑了笑，畢竟是個故人。

最大的院子自然是雋祁的住所，洛崗氣候嚴寒，院中沒種花草，只有幾棵樹葉已經掉光的樹木。

雋祁的風格看來絲毫沒有改變，有他在的地方女人成群，相比雋祁的衣裝隨意，在院子裡進進出出的女人們卻打扮得頗為華貴，在如此荒涼少人的地方突然看見這樣一群美豔麗人真有些詭異。

女人們各忙各的，似乎對雋祁帶回女人司空見慣，連關注都不屑。

月箏笑了一下，雋祁卻誤會了她的笑容，抿著嘴巴瞪了她一眼，隨即也笑了，對自己的嗜好被她看穿毫不羞愧。

他招呼兩個丫鬟來幫月箏安頓，沒有一個是月箏認識的。被帶到一個非常暖和的房間，浴具已經準備妥當，月箏舒服地泡著澡，呵呵笑著想主動跑來和被抓果然待遇不同。

沐浴完畢，丫鬟為她換上考究的猛邑衣裙，因為趕路而很久沒穿好衣料的月箏十分享受絲綢的觸感，這樣優裕的生活讓她始料未及。

月箏被帶到一個看似剛剛擺設完畢的房間，相當考究，簾幕被褥嶄新，但家具的細節處仍能瞧見匆匆擦拭而留下的淡淡餘灰。

月箏走到榻前坐下，靜默而緩慢地打量這個房間，丫鬟謹慎地詢問她還有什麼不滿意，月箏只是微笑著搖了搖頭。

沒有什麼不滿意，只要不是鳳璘的天下就好。

雋祁緩步走了進來，丫鬟們便識相地告退了。

月箏又靜靜地看他，心裡突然就起了慌亂，一路北來的時候從不曾這樣，她以為自己已經足夠決絕。這個男人和鳳璘一樣優秀而深沈，或許也同樣無情，她想向鳳璘索取的東西，雋祁同樣給不了。但是，蒼茫穹宇之下，大概也只有這個男人可以幫助她了——幫助她給鳳璘最沈重的一擊。

從此，她會變成鳳璘無法面對的一道傷，正如他留給她的。她給了他相同的侮辱與痛苦，就覺得自己不再那麼窩囊，她知道自己選了條並不明智的不歸路，但她並不後悔。

雋祁走近她，站在她面前看了她一會兒，月箏努力讓自己看起來鎮定，怕眼神游移而顯得心虛，所以她逼迫自己仰頭直直回視他。雋祁抬起雙手握住她的雙肩，嘴唇毫不猶豫地吻了下來。

在他握緊她肩頭的一瞬，月箏無法自制地顫抖了一下。

雋祁突然輕笑起來，那個就要貼上她櫻唇的吻便偏移了，有些戲謔地落在她的臉頰上。雋祁收回手，閒適地倒在她身邊的榻上。「說吧，到底怎麼回事？」

月箏看了他一眼，沒有回答。

雋祁看著帳頂。「我只是想聽聽妳怎麼說。」

月箏淡淡笑起來，是了，他想知道的是她的想法。鳳璘登極，沒有立后，雋祁即使遠在北疆，大概也明白來龍去脈。

「想過我會來找你嗎？」月箏問。

雋祁抿嘴一笑，坦然道：「想過，不過妳真的來了，我又有點兒難過。」

「哦？這麼說，你見到我並不高興？」月箏回頭，挑釁地看他。

「高興。」雋祁坐起身，與她對視。「我此刻正如同當年的妳。」

月箏皺眉，有些聽不明白。

「面對唾手可得的優待並不動心，只想要心中渴盼的東西。」雋祁挑了下眉毛。「妳並不是真正喜歡我，只想利用我，成為我的女人無非是想送頂綠帽子給鳳璘戴，讓他明白雖然他稱王稱霸，也有無可奈何的恥辱。這對我——可相當的不利。」他嗤笑起來，似乎並不真的擔憂。

「你可以把我送還給他，想必，他會還個人情給你的。」月箏有些鄙夷地說，她是鄙視自己，高估了在雋祁心裡的地位。雋祁被貶洛崗，能與鳳璘暗自結盟，或許是他唯一的出路。

雋祁冷笑起來。「原來妳把我看得這麼低，雖然我身陷此地，未必非給鳳璘做狗。留下妳，為的是要妳的心。」

月箏愣了愣，喃喃地說：「我的心？」

「自始至終我只想得到妳身體的話，易如反掌。」雋祁冷笑。「而且，妳這沒前沒後的身材，也不怎麼讓男人有什麼特別的念想。」

月箏挑了下嘴角表示不屑。

他。

「妳留下吧。」雋祁很隨意地說。「妳要是真心喜歡上我，那就給我當老婆；如果一直沒能喜歡上……那我們，就在這苦寒之地互相作個伴。」

月箏的眼眶突然很酸，雋祁也有雋祁的驕傲，她錯了，她不只侮辱了鳳璘，也侮辱了他。

他說得對，此刻的他，正如當初的她。

想得到的——不過就是對方那顆真心。

她主動握住了雋祁的手，不再後悔了，她來對了，這世上還能對她如此真誠地說，不喜歡也這麼作個伴的男人，也只有他了。

「謝謝你……」她真的感謝他的心意，至少眼下，他是真的尊重她，也尊重他自己的感情。她吸了吸鼻子，抱歉地說：「其實你也不是那麼不堪。」

雋祁一牽眉頭。

月箏連忙解釋。「我是真心誇你的。」

雋祁瞇起眼。「老實說，我現在已經開始後悔把妳留下。」

月箏含淚笑起來，是啊，她就這麼留下了。

「我走了，妳早些睡，明天我領妳瞧瞧我的地盤，小是小了點兒，還裝得下妳。」雋祁站起身，看了她一眼，走了。

月箏看著他的背影，心裡有說不出的滋味。

第二天月箏起得早，雋祁也來得早，一同吃過早飯，雋祁示意丫鬟捧進幾疊猛邑式樣的衣物。月箏看了看，質地都相當華貴，她又轉頭看正在喝茶的雋祁，笑著說：「你被流放後倒比之前富裕了。」

雋祁朗聲笑了。「交出了兵權，皇帝陛下又突然惜才起來。給我點兒甜頭，萬一將來他應付不了那些叔伯兄弟，也希望我能替他分擔些血債。」雋祁頓了頓。「就好像你們翥鳳的肇興皇帝，對妳哥……當真是無可奈何，那樣捅他心窩子，還晉封了右司馬。」

月箏低下頭，不想讓雋祁看出她內心的情緒，太好了，家人沒有被她連累。

「妳不是在感謝宗政鳳璘吧？」雋祁揶揄地嗤笑一聲。「那就是妳還沒被他騙夠。妳哥現在位高權重，幫他把守著北疆大門，他心裡再怨恨，也不會現在亂了部署的。」

月箏瞪了他一眼。「我已經傻夠了，不用你再提醒！」

雋祁聽了不以為然。「我怎麼看不出來妳有什麼進步？其實昨天晚上我一直等著妳來，都沒招其他姬妾來我房裡。結果虧了！」

月箏呸了他一口。「下流！」

雋祁聽了反而笑了，月箏發現自己竟然也跟著他彎起了嘴角。

「走吧！」他很自然地拉起她的手，月箏沒有拒絕，與他相攜走出房間。

城堡並不大，月箏騎馬跟隨著雋祁緩步走出後院大門並沒用太長的時間。

石牆外的景色極為開闊，緩緩流淌的天淵河似乎近在咫尺，遠處的孟青山輪廓模糊……天那麼高，地那麼遠，看著看著就想大喊幾聲。

「這是我的世界，希望也能成為妳的。」雋祁沒有看她，只淡淡眺望遠處。

月箏沈默了一會兒，突然用猛邑話對他說：「謝謝。」

雋祁意外地看了她一眼，她向他微微一笑。

雖然她沒有把握，但她願意試一試，真心愛上這個男人，忘記過去，不想未來，只為報答他的寬容與真誠。

她又轉過頭去看連綿遠山，傍晚天氣驟冷，天空突然飄落幾片稀疏的雪花，她笑著用手去接，即便她沒能愛上他，與他常伴於此，她抬眼看了看眉目俊美的雋祁，哪怕埋骨在這片陌生而寒冷的天與地……似乎也沒什麼不好。

第四十八章　鳴鳳高塔

宮女們的笑聲飄滿了整座皇城，一年只有這時候，嚴謹肅穆的殿宇裡才允許生活其間的人們大聲說笑。冬季也蒼翠的樹木襯了紅色的除夕飾物越發顯得生機勃勃，過了除夕……又是一個春天了。

容子期站在鳴鳳塔下等待通傳，春節的氣氛瀰漫了整個皇城，卻似乎被阻隔在塔牆之外，圍牆內太監們靜靜地垂首侍立，不敢出半點語聲。總管梁岳快步從塔裡出來，對容子期做了個請的手勢。容子期詢問地看了他一眼，梁岳皺眉輕輕搖了搖頭。鳴鳳塔是皇上登基後唯一翻修的建築，每次來這裡，皇上的心情卻總是十分惡劣，於是宮裡漸有默契，一旦聽說皇上是從鳴鳳塔回來，嬪妃宮人在他面前都加倍小心，噤若寒蟬。

翻修後的鳴鳳塔共九層，原本就是京城最高的建築，如今可以看得更加高遠。容子期快步上到頂層也不免微微氣喘，看見鳳璘站在北面圍欄前遠眺的修長背影，他在樓梯口站了站，穩了氣息才開口問安。

鳳璘沒有回應他的叩見，只默默地遙望著不真切的天際，半晌才喃喃地說：「不夠高……這塔還不夠高。」

容子期皺眉，他怕皇上真的會下令再次加蓋鳴鳳塔。一路跟隨著走來，他固執地認為鳳璘應當是那種生而為帝的男人，這個男人一步步讓自己脫出困境，坐擁天下，如今，他已經把朝野江湖牢牢地控制在手中，所有的人都是任由他擺佈的棋子。他獨斷朝綱，大興農林工商，國力在短短三年裡巨幅增強，除了開國太祖，他令翥鳳其他六帝黯然失色。

這樣的成就連他這個屬下都自豪不已，創造了這一切的人卻總是鬱鬱寡歡。

兩年前，容子期覺得能理解，因為原妃對皇上……他親眼目睹，一個女人能那樣愛一個男人，的確讓人動容感懷，皇上對她念念不忘，為讓她登上后位百般籌劃，他覺得都合乎常情；而原妃遠走猛邑……容子期也不覺得太過驚異，母儀天下雖然是後宮所有女人的夢想，但那個嬌俏媚人又有些任性固執的原月箏未必。

一年後又是一年，容子期倒是意外了。

鳴鳳塔下就是繁花錦簇的皇城後宮，這兩年來，有過多少絕色佳麗？即便是代理中宮的杜貴妃，又何嘗遜色於原妃？置身於這樣的鶯聲燕語中，皇上遺忘原月箏的時間似乎用得太長了些。

她離開的方式也實在讓皇上難堪，所以這兩年來皇上的脾氣越來越壞，因小事被遣出皇城的女子越來越多，坊間的流言蜚語便荒誕離奇起來，他擔心這些傳言會變成肇興帝輝煌一生的污點。

「何事？」鳳璘沒回頭看容子期，淡淡地問。

「告假出京，探訪故友。」容子期輕聲說，但凡說起與原妃有關的事，所有人都會小心翼翼，他也不敢貿然提起衛皓的名字。

「去看衛皓？」鳳璘倒直白地說出來，聽不出喜怒。

容子期不敢多言，低頭默認。當初衛皓失職放走了原妃，皇上一怒差點殺了衛皓夫婦和竇丹青，結果香蘭的炮筒子脾氣突然發作，大聲嚷嚷說：「有本事就把小姐的家人都殺光，讓小姐徹底絕了念想，省得遠在猛邑還白白惦記。」他當時都嚇壞了，心想香蘭肯定是瘋了，本來皇上還想不起找原家人算帳，這句話不是把所有人都兜進來了嗎?!沒想到皇上冷了半天臉，居然只是罷免了衛皓的官職，遣回原籍，也沒再繼續牽連其他，過了一陣子還加封了原都督。

鳳璘半晌不答覆，容子期抬眼看了看他，心裡泛起酸楚。

獨處時的英主肇興帝是這樣的沮喪和落寞，容子期已經很久沒有看見他開懷的笑顏了。這麼個城府極深，自制極強的男人，因為那個女人，有時候甚至會任性地做一些匪夷所思的事情，這讓所有深知內情的人極為不安，像守著個火藥桶，為了原妃，不知道什麼時候，不知道因為什麼，捻子就被點燃了。

就像今年豐樂進貢冰凍葡萄，數量比往年多得多，六品以上的妃嬪都能分上一盤，宮裡女眷本都歡歡喜喜，最會邀寵的黎妃趁他去臨幸的時候求他額外多給她的黎月宮幾盤冰葡萄。按黎妃的品階和榮寵，這本是個微乎其微的要求，隨便和哪個管事太監說一下就行，黎妃此舉不過是撒嬌討巧，沒想到居然惹得皇上雷霆大怒，下令任何人都不許再吃冰葡萄，豐樂永不再貢。

別人覺得皇上喜怒無常，容子期還是知道原因的。他真是很為黎妃扼腕嘆息，她要不胡亂撒這個嬌，皇上都沒留意豐樂貢了冰葡萄，這麼一來，被全宮女眷恨上，自己也失了寵。原本他以為黎妃會成為繼杜貴妃之後最受寵的，因為……她長得最像原妃，脾氣也有些像的。

「梁岳。」鳳璘皺眉，輕輕吸了口氣，似乎有些疲憊。「拿一封賞皇子的金錠子給子期帶上，他們……不是生兒子了嗎？」

容子期微笑點首後退，正要轉身下樓，又被鳳璘叫住。「你還是……叫衛皓夫婦回來吧。」

容子期十分意外，又有些驚喜，看來皇上是不再生衛皓夫妻的氣了。

鳳璘俯看幾重塔下的容子期走出，十分開心地一路快步離去，嘴角微微泛起一絲笑意，心裡掀起的濃濃苦澀卻只有他自己品啜。一朝登臨極頂，他才驚覺自己是如此孤單，有些人能找得回來……有些卻再也不能。

他不信，也不甘！

「宣右司馬來這裡見朕。」他低低開口。

梁岳趕緊傳令下去，看了看天色，勸道：「皇上，用些點心吧，從早到現在……」

鳳璘想起什麼似的打斷他的話。「去備些內膳糕點。」月闕向來喜歡吃這些零零碎碎的東西，這點很像他妹妹。

梁岳暗暗嘆了口氣，親自下塔張羅，每次皇上私下召原大人，原大人都姍姍來遲，點心上早了會涼，皇上又得怪罪。

果然，接到消息原大人進宮門，梁岳吩咐太監們送糕點去頂層，看了看旁邊的日晷，整整讓皇上等了一個多時辰，整個翥鳳朝沒有比原家兄妹更大譜的人了，先是妹妹棄后位而去，再是哥哥這臣子當得如此放肆。

月闕一路走上塔頂十分不耐煩，叩拜鳳璘後聽他說賜坐便不客氣地一屁股坐在太師椅上。手邊的桌几上擺的糕點顯然是款待他的，月闕吃得挑挑揀揀，似乎不甚滿意。

鳳璘看著他，整個翥鳳朝沒人再敢在他面前如此隨便，偏偏他並不覺得月闕這樣是無禮惹嫌，原家兄妹向來就有這樣的本事，無論他是落魄的皇子還是威嚇的皇帝，在他們的眼中，鳳璘只是鳳璘。

轉了一大圈，他才明白，為什麼鳳珣從小會那麼喜歡原氏兄妹，眷戀月箏，甚至打算不惜背上罵名也要和她朝夕相伴。身在孤寒極頂，這樣的妻子和朋友如同上天賜下的珍貴禮物。

「月闕，」鳳璘輕聲笑了。「你還常常想起你妹妹嗎？」

月闕正拿著一塊豆沙芙蓉酥，頓了頓，這是月箏走後兩年來鳳璘第一次在他面前提起她。「不想，那丫頭無論去了哪兒都不會虧待自己的。」這話雖然有刺激鳳璘的意思，卻也是事實。猛邑諸王內亂，被流放的雋祁日子倒過得十分逍遙，因為當初他沒有拚死與猛邑皇帝對抗，作為頗有實力的親王這麼做等於變相支持了猛邑皇帝，皇帝對他還是十分優待的。

「可是……我想。」鳳璘一笑，又看了看已經起了晚霞的北方天際。「兩年來，我苦心充盈國庫，厲兵秣馬，如今猛邑陷入內亂虛耗，我終於可以去接她回來了。」

月闕皺了下眉，扔下手裡的點心。「鳳璘。」他抬頭看著對面微笑的男人，含笑的俊目深處全是執妄的瘋狂，月闕突然深切感受到妹妹的憤怒。「你還非要搶她回來幹什麼?!是不是把她困死在這座女人紮堆的深宮牢籠裡，你就能抹平遺憾的恥辱了?」

月闕口氣冷誚，鳳璘卻沒動怒，只是平靜地看著他。「無論我說什麼、做什麼，你們都可以想成這樣殘忍。」

月闕被他這句話徹底激怒了，嘿嘿冷笑著。「皇上，難道我們要感戴您對月箏的一片深情嗎？感謝您讓她一死成全您的大業，感謝您讓她能與那麼多女人平分共用一個丈夫，感謝您把她關在深宮裡慢慢孤獨老去？您對她的想念太刻骨了，全後宮女人都是她的替身，兩年裡，你已經有了兩個皇子一個公主了!」

鳳璘聽了反而笑了。「你說的都對，我就是這樣一個冷酷無情的丈夫，所以，我失去了她。」

聽他這麼一說，月闕抿了下嘴唇。「既然你已經知道覆水難收，何必再強求呢？箏兒現在……說不定都要生第二個孩子了。」

這話明顯刺中了鳳璘的痛處，肩膀竟微微顫了顫，月闕看了，嘆了口氣。「算了，鳳璘，算了，你這輩子想要的都得到了，除了箏兒，所以你才這麼緊抓不放。」

「這話……」鳳璘苦澀地挑起嘴角。「我也對自己說過。」他雙目幽幽看向月闕。「你親自送走了沈夢玥，因此而更想她了嗎？」

月闕沒說話，他驚訝於鳳璘還記得沈夢玥這個名字，兩年過去了，就連他自己也漸漸淡忘，有時候竟會連夢玥的容貌都想不起來。

「我這輩子想要的都得到了？」鳳璘茫然地自問，似乎在認真回想。「小時候，母后病重，我拉著她的手不想讓她死，結果她還是死了；我想讓父皇看重我這個兒子，處心積慮表現得出色，結果他還是更喜歡鳳珣；我不想讓月箏『死』，卻只能失去她；我喜歡絲雨，也想像對月箏那樣對她，可是……」他笑了笑，自嘲而疲憊。「對，在箏兒走後，我照常選妃納嬪，我照樣生兒育女，我把宗政家的天下看管得國泰民安，也為皇室基業留下根苗，作為一個皇帝，該做的，我都做好了。現在，我可以做一個丈夫想做的事，包括寬容妻子的任性。」

鳳璘這兩年裡話少得可憐，突然說了這麼多讓月闕一臉怔忡。「可是……可是……」面對這樣的鳳璘，他突然有點兒不忍說出實話。「唉，鳳璘，就算把箏兒逼回來也沒用，她……」

鳳璘笑著打斷了他，月闕要說什麼他全都清楚，箏兒不愛他了，不要他了，箏兒現在過得很好。「你還不知道箏兒的脾氣？」鳳璘有些無奈地反問。「她喜歡什麼的時候一門心思，恨什麼的時候也專心致志。」鳳璘笑了笑。「她從來不會分辨一個男人的假意和真心。」他搖頭苦笑，當初他假意對她，她看不出來，如今她也瞧不見他的真心。「只要再給我一次機會，我們會幸福的。」

月闕看著他皺了皺眉，欲言又止。

鳳璘了然地搖了搖頭。「她是我的妻子，變成什麼樣子，都還是我的妻子。她……就是沒勇氣再相信我一次，現在的我，已經可以不用讓她再忍耐、再等待了。」

話都讓他說完了，月闕悻悻。「反正我是不會幫著你的。」

鳳璘淡然而笑。「沒必要，這只是我的事。」

第四十九章　華年如夢

偌大的乾安殿裡裡外外都坐滿了人，殿上花團錦簇的妃嬪，舞臺上下的歌伎樂工，侍候的宮女太監，殿外的守衛御林，汲汲泱泱到處是衣香鬢影。除夕之夜的守歲慶典進行得正熱鬧，所有人都笑容滿面，一改平日拘謹，說笑不絕。

杜絲雨以貴妃身分，與鳳璘同坐一席，親自為他添酒倒茶。

杜貴妃所出的大皇子隆安，韓妃生的二皇子隆景，李貴人新添的公主雅甯都被放在父皇的龍座上，鳳璘雖然算不上多情的丈夫，卻是非常慈愛的父親，三個子女向來沒有親疏之分。一歲多的隆安最不安分，咿咿呀呀地在寬大的龍座上爬行，鳳璘看了輕笑出聲，伸手把他抱起，放在腿上，隆安視線大好，又發現母親在側，自己奶聲奶氣地格格笑起來。

杜絲雨為他挾了塊如意糕，他淺笑的時候真是俊美無雙，只是，這笑停留在他的眉梢唇角，原本少年時那種明明面無表情，眼瞳深處卻輕漾著溫柔笑意的神情，再也不會有。他那麼看她的時候，她覺得自己是天底下最幸運最幸福的女人，絲雨端起酒杯笑著淺啜了一口，真有些恍惚了，她真的有過那樣的時光嗎？

小一些的隆景也開始往父皇的腿上爬，鳳璘覺得他胖乎乎的實在可愛，也想抱抱他，絲雨笑著從他那兒抱過隆安，讓他能騰出手去抱隆景。坐在臺階下的韓妃看見皇上疼愛萬端地抱著自己的兒子，眼睛裡流露出掩不住的喜色。絲雨餵了隆安一口湯，微微笑了，這座後宮裡最瞭解鳳璘的果然只有她。因為兒時的遭遇，他盡心竭力地疼愛自己每一個孩兒，絲雨不在乎，就算其他皇子分走了屬於隆安的寵愛又如何？將來成為太子的，只能是她的兒子。面露驕橫的韓妃顯然不明白這一點，起了可笑的非分之想。

時候差不多，皇子公主們被乳母抱下去休息，廳裡的氣氛也因為臨近子夜而接近高峰，歌伎舞者全數登臺載歌載舞，祈求明年天地祥瑞，煙花也燃亮了整個京城的天空。

在普天同慶的歡樂中，鳳璘側過臉來看身邊的女子，杜絲雨立刻感覺到了，迎上他的目光，五彩閃爍的煙花映得他幽亮的黑眸熠熠生輝，她驟然失神了，彷彿他還是那個與她兩小無猜月下私會的俊美少年。她癡癡地看著他的眼睛，在這雙幽深好看的眸子裡看見了她和他所有美好的回憶。

鳳璘也被她溢滿柔情的眼波陷住，沈沈回看著她，她眼中的愛慕和癡戀讓他莫名熟悉和懷念。他握住了她的手，這個女子……何嘗不是他曾經想給予一切美好的戀人？明知這感覺虛幻而短暫，他也覺得溫暖。

外面的爆竹連連響成一片，像突然沸騰的水，滿殿宮妃下人都齊齊列隊跪下，恭祝帝妃新年吉祥。

鳳璘和絲雨都輕輕一顫，坐直了身子接受祝福，鳳璘抬臂命他們起身，與她交握的手也不著痕跡地分開。

子時過後，樂府歌伎們退下，是妃嬪與皇上的守歲家宴，各宮美人都挖空心思，極力想在宴席上一展美姿，引起皇上的注意。

開場的自然是杜貴妃，她奏了首讚詠牡丹的曲子，寓意富貴吉祥。

黎妃因為失寵，一曲屠蘇舞安排在諸妃之後，雖然她跳得極為精彩，鳳璘也只是反應平平。上前賀歲謝恩的時候，黎妃便有些委屈，跪在臺階之下雙眼氤氳，櫻唇微嘟。

鳳璘本在意興闌珊地自酌，無心向階下掃了一眼，卻直直看住。

杜絲雨垂下眼，她知道他為什麼會這樣失神，因為黎妃委屈嬌嗔的神態像足了月箏。她笑了笑，像又怎麼樣？在那個男人的心裡，原月箏是無可取代的。

能一起長大真好，無論是鳳璘還是月箏，她都算得上知己知彼，她知道怎麼才能讓他徹底的失去月箏。

剛才那甜蜜感覺就如同炫極一時的煙火，此刻還不是只剩幽冷無盡的夜空？鳳璘不再是情竇初開的少年，她也不再是只盼天長地久的少女。兩年前，她冒了次險，看來……很成功，永不回頭的原月箏牢牢佔據了鳳璘的心，誰也得不到，很好，她贏不了卻再也不會輸。皇后之位，她坐不上去，別人也不能，杜絲雨憐憫而大度地看了眼下面含淚乞憐的黎妃，沒有名分又如何？她還是後宮的主人。

鳳璘長久地注視黎妃，神情柔和，妃嬪們面面相覷，以為黎妃成功地鹹魚翻身了。黎妃也因為皇上的目光而回嗔作喜，含羞帶笑地媚媚抬眼看了鳳璘一下，鳳璘的眼瞳瞬間黯淡，原本舉杯停在唇邊，現下一飲而盡，只淡淡說了聲：「賞。」黎妃大失所望，又不敢在節慶時哭，悵然回座。

宴會接近尾聲，獻藝已經到了分位較低的宮眷，鳳璘也已半閉了眼，斜靠在坐榻上，不甚關注殿中的一切，打賞諸事都交由身畔的絲雨。

太監報過名號，一個身材纖瘦的婷婷少女甜聲說：「臣妾要奏的是〈雪塞〉。」

原本倦倦欲睡的鳳璘緩慢睜開了眼睛，卻空洞地沒有凝住在某點，也沒向殿中看。

杜絲雨一愣，嘴角淡漠地挑出戲謔的微弧，功夫做得太足，未必就有好結果。

少女已經琅琅地演奏起來，雖然琴藝比杜貴妃略遜一籌，曲意倒也表現得十分動人。

鳳璘的身體僵了僵，他乾脆坐起身，默默傾聽琴曲，他的沈醉讓少女的眼中亮起媚人的光焰。

琴音落去很久，鳳璘也沒說話，杜絲雨等了足夠長的時間才替他說了聲賞。

「妳叫什麼？」鳳璘突然問。

「臣妾名喚景秋，是奉天府右補闕宋蘭書之女。」宋景秋微笑，皇上會當眾問她名字似乎早在她意料之中，回答得落落大方，按宮中禮儀把自己的姓名家世奏報清楚。

鳳璘又歪靠在扶手上，吩咐梁岳。「打發出宮去吧。」

梁岳挑了下眉，躬身受命。這兩年打發出去的宮眷實在太多，多到已經無人再對理由感興趣。

殿上很靜，所有妃嬪都神色古怪地低下頭。不只皇城，那個古怪的傳言都快世人皆知了——英明的肇興帝於閨房之事，恐有隱疾。在做王爺的時候，就只專寵原妃一人，稱帝後妃嬪更是稀少，每年進獻的美女大多都被以各種莫名其妙的理由打發出宮。若非還有兩位皇子和公主存在，肇興帝的不幸恐怕就板上釘釘了，朝中重臣和宗室貴戚也不會這般安穩。

肇興帝對後宮諸妃寡恩，即使有幸生育皇子公主的韓妃和李貴人也不見得有多得寵，生了孩子後，聖駕更是少有前往，皇上想孩子都是乳母抱去定元殿，因此兩人落下不少譏笑。

整個後宮也只有貴妃保持著長寵不衰，雖有專寵之譏，但對杜家和貴妃本人，妃嬪們也都只能無奈服輸。現在少有人再提起杜家輔佐帝君登極的往事，但皇上對杜家的厚待是整個翥鳳人所共知的，杜貴妃的哥哥至今仍把持朝中一半的兵權，歸隱故鄉的杜國丈每年大壽時節，皇上都會親自攜貴妃前去祝賀。

鳳璘看著被太監架出去的悲切少女，還是感謝她能費心準備了這首曲子的。〈雪塞〉是當年月箏擊敗絲雨的曲子，聽起來還真是有說不出的感慨。他沈著眸子掃過一殿的如花美眷，倦倦地說：「散了吧。」

凌晨，鳳璘宿在絲雨的祥雲宮，歪在榻上看絲雨在妝檯前卸去華麗的貴妃髮飾，宮女全退下後，綰著隨意髮髻的絲雨坐在妝凳回身看著懶散的他微微一笑，她特別喜歡鳳璘看她卸妝，宛似民間夫妻。

鳳璘也看著她，突然問：「絲雨，妳願意為我死嗎？」

絲雨一愣，沈默了。他……還是容不下杜家嗎？昔日輔佐的恩德，今日卻變成心頭的刺。父親已經歸隱，親族們也極為收斂，鳳璘還是要窮追猛打，趕盡殺絕？

鳳璘看著她，沒有說話，很專注地在等待她的答案。

絲雨出了會兒神，沒有哀求，也沒有哭泣，默默起身從櫃裡拿出貴妃的金印冊寶，凝重地跪在榻前雙手高舉過頭。「臣妾甘願為皇上赴死，只求皇上善待杜氏一門。」頓了頓。「請善待臣妾的孩兒。」

鳳璘看著榻邊的絲雨，半晌，才淡然一笑。「開玩笑呢，妳倒當真了。大過年的，害妳傷感，是朕不該，來人，為貴妃加祿一等。」他伸手拉起她。「平身吧。」

絲雨面無表情地站起身，再加一等祿，就與皇后齊肩了。攥緊手裡的金印冊寶，他在試探她，但她猜不出他的用意，加祿……那她剛才是答對了還是答錯了？或者他是暗示，要立隆安為太子，但又怕外戚專政，要立子殺母？

「累了，睡吧。」鳳璘躺下，輕拍了拍身邊的床榻。絲雨順從地上了榻，小心翼翼地偎進他的懷裡。

幽幽宮燈裡，他合著眼，彷彿還是她記憶中那個麗色少年，剛才的那句話注定讓她一夜無眠，絲雨偷偷看著他，再一次深刻地感悟身畔的這個男人不只是她的丈夫，更是翥鳳的皇帝。她會因為他狀似玩笑的一句話無法抑制地猜測萬端，而且她更明白，如果剛才他沒說自己是說笑，那她……只能依言去死！

鳳璘猛然睜開眼，絲雨不由自主地顫抖了一下，他也感覺到了，垂下眼來看懷中臉色蒼白的女人。

「絲雨……」他皺眉笑了笑，她永遠想得太多。當初他就知道她很適合在後宮生存，她的心思、她的手段，無一不是皇后的上佳選擇。假如今夜他一眠不醒，她也不會手足無措只知哀哀哭泣，他相信她會在最快的時間做好最應該的事情，拉拔隆安登上皇位，在兒子少小時替他牢牢把住江山。若非「皇后」這個位置也代表了妻子的意思，他會毫不猶豫地把這個名分賜給她。

「絲雨，朕知道妳心中所想。」他嘆了口氣，他就是太知道，所以終於絕望。即便剛才他說了那樣的話，她也不會向他哀求哭鬧，她立刻就說了她所有的願望，杜家有這樣的女兒，也無怪孫皇后心心念念要為鳳珣娶她為妻。「朕會冊立隆安為太子，也會善待杜家，自然……也會善待妳。」

懷中的人呼吸窒了窒，鳳璘無聲苦笑。「善待」在她聽來，或者又有了其他深意。厚葬也是善待，遣回故鄉保全性命也是厚待，他懶於解釋，不知怎的又想起當初私自跑來北疆找他的絲雨。那是楊柳剛剛吐青的陽春三月，明媚的陽光下，他與她在嫩綠的連綿柳煙裡相擁、低喃，他記得自己說：「絲雨，我不會負妳。」

他突然搞不清，他到底有無負她？若論感情……他的確算是個負心人，可是，如今的絲雨要的卻不再是夫妻情長，她最想要的，他已經全都給了她。這個美麗的女人，不僅是他的貴妃、隆安的母親，更是杜家的女兒、未來的太后。

因為今晚看見她深情望著他微笑，居然想問她那句話。

他真的希望她說：不願意，我要與你白頭偕老。

幸好她沒說，不然他的心裡還會有一絲動搖。

輕輕起身，穿好袍服，鳳璘再次登上鳴鳳塔，東邊已經露出微微的晨光，北方還是一片冥黑。

城中零星還有爆竹在響，他側耳傾聽，明黃的朝服在幽暗中依然光彩耀目。

好了，他終於籌備好了全部，現在……他終於可以去接回那個要與他白頭偕老的人了。

第五十章　同樣選擇

過了春節，洛崗還是一片雪國景象，半點春天的影子都不見。

月箏圍著厚厚的披風，坐在水檯上鋪的皮褥裡，懶懶地出神，不停地向水面上撒玉米麵的碎屑。

「哎，妳這樣我還能釣到什麼啊？」坐在檯邊的雋祁抱怨。「扔點兒把魚引來就行了。」

月箏愣愣地住手，瞇著眼看他。「你說，都依古會生個什麼啊？」她悶悶地問，真是好笑，正牌親爹在無動於衷地悠閒釣魚，她倒坐立不安的。這是兩年來雋祁的侍妾生的第四個孩子，她非常希望是女孩。

「肯定是個人。」雋祁看著水面，沒心沒肺地說，黑眸深處卻不易察覺地閃過一絲失落。

月箏翻了他一個白眼，隨即有些諂媚地笑著說：「要是個女孩，抱來給我養好不好？」

雋祁回頭冷冷瞥了她一眼。「親媽還在，妳抱人家女兒，缺德不？」

月箏聽了，故意媚媚地看了看他。「要不……咱倆生一個？」

雋祁扔下魚竿，瞪著她，用手指恨恨地點了點她。「妳別得寸進尺。」

月箏哈哈笑，把手裡的碎屑都扔進水中，雋祁這兩年從未碰過她，月箏反而越來越喜歡調戲他了。相處的時間久了，他們倆都有些說不出對彼此的感情到底是什麼，比愛情少了些熾烈，又比親情多了些曖昧。

月箏知道雋祁心裡比她還明白，時間流逝，她……始終沒有愛上他。

他們似乎都覺得只是這樣相處下去也沒什麼不好，她習慣他的呵護，他也有些依賴她的陪伴。她在他的姬妾中是個奇怪的存在，堡中人人敬她如主母，可她又的確不是他的妻。他的侍妾眾多，難免彼此嫉妒爭寵，月箏卻是超然的，他雖然失望於她的愛情，卻與她相處得極為閒散舒適，慢慢變得無話不談。

一個丫鬟快步跑來，滿面喜色，雋祁連頭都懶得回，月箏倒緊張地站起身詢問地看著丫鬟，姑娘用猛邑話說：「女孩。」月箏高興起來，轉著眼珠打算騙個便宜娘親當當。都依古的身分低微，前兩天特意來表達了獻子的意願，她用了猛邑比較文雅的說法，月箏聽日常用語沒問題，文雅的詞句就一頭霧水了，所以都依古哇啦哇啦說了半天她一句沒懂。當時雋祁就歪在她身後的榻上看書，她回頭想讓他翻譯，結果雋祁冷著臉對都依古說了一句什麼，都依古就灰著臉退出去了。

她費了很大勁才讓雋祁說給她聽，果然和她猜想的差不多，都依古希望把自己的孩子交給她撫養，她就是要雋祁親口說給她聽，以便知道他的態度。她難得撒著嬌請求，希望撫養那個孩子，雋祁當然知道都依古的提議算是合了她的心思，卻故意不肯表態。月箏一直憋著這個主意好幾天了，對他又是撒嬌又是討好，他倒是十分享受，沒想到都依古這麼快就生了。

「喂！你不高興啊？」月箏跺得木板砰砰響，橫眉豎目。

雋祁皺眉扔下竿，今天看來別想有收穫了。

「是女孩。」月箏抱著雙臂，一臉驕橫。「我要抱來養。」她說得不容反駁。

雋祁站起身拍衣襬上的浮灰，挑釁地看了她一眼。「妳把孩子抱過來打算餵她吃什麼？」眼光鄙夷地落在她的胸前。

月箏咬牙切齒。「反正都是要請乳母的！」

雋祁已經與她錯身而過，隨意披散的黑髮被風吹動，顯得背影更加英挺迷人，卻不知怎的顯得有些落寞。「不行，那是我的女兒，妳把她教壞了，將來我被妳氣死的話，也會被她氣死。」

月箏又跺木板了，她先被氣得有話說不出。

雋祁突然轉回身，靜靜地看她。「如果妳肯給我生孩子的話，現在應該都可以滿地跑了。」

月箏本來還以為他是故意氣她才這麼說，想瞪他一眼卻被他的神情螫了一下，愣愣看著他轉身離去。他的眼睛裡……是失望嗎？兩年來，他從來沒用那樣的眼神看著她，她一直以為，相伴的日子他也過得很快樂。

風把小小的湖面吹得水波淩亂，一股寒意從皮膚滲入心底。雋祁說得對，如果她真想給他生個孩子的話……她沒想到他突然提起這個話題，相處了這麼久，她以為彼此都會把這些話埋在心底。

月箏看著水面的漣漪，躲避……終究是有盡頭的。

她和雋祁之間一直就在躲避，這樣相處雖然輕鬆，他們都明白，這卻不可能是結局。她千里迢迢地來找他的時候，不是已經下定決心？

月箏問自己，還能再回翥鳳嗎？

不需猶豫，答案是不能。

她苦笑一下，既然能面對這個事實，她又何必做無謂的堅持？雋祁為她做得越多，她不該越感激嗎？雖然再也不能以愛鳳璘的那種心情愛上他，但是……僅憑這兩年來積攢的親情和感激，她也有信心同他白首偕老了。

月箏向屋裡走去，或許她應該儘快把自己的決定告訴他，讓他再也別在她面前流露出剛才那樣的落寞。這是她帶給他的苦痛，雋祁這樣的人，即便流放邊陲也是意氣風發的，他不該有那樣脆弱的神情！

雋祁並沒在屋裡，她向來並不愛纏著他，鮮少四處尋他，今天……她有些抱歉，所以又走出房間，向前院正料理事務的登黎打聽雋祁的去向。兩年來登黎對她的態度從未改變，很冷淡，但還是有問必答的，他告訴月箏，雋祁去了孟青城，要兩天後才能回來。

月箏悶悶回房，其實這兩天她也有感覺，雋祁似乎有心事，只不過她把心思都用在都依古的提議上，沒怎麼理會。他為什麼沒和她說一聲就去了孟青城？她有種說不出的怪異感受。

兩天後的傍晚，聽丫鬟跑來報信說雋祁回來了，月箏特意跑去前院接他，雋祁看見她就拉住了馬，淡然一笑，這似乎是兩年來她第一次出來迎接他。或許時日再長些，她真的會徹底遺忘了那些過往，可惜……

見他坐在馬上不動，月箏瞇了瞇眼撇了下嘴，這是還生氣哪。

「雋祁……」她柔聲叫他，每次她用猛邑話這樣叫他，都像點中他的死穴，有求必應。

他下馬，直直走到她面前，用一種她說不出的複雜眼神盯著她看。

月箏咬了咬嘴唇，這兩天來，她也反覆堅定了決心，所以她對他笑了。「雋祁，我想好了，我想要個孩子，你和我的。」

雋祁沒有任何反應，像是沒有聽見。

月箏皺眉抬眼看了看他，他雙眉緊皺，表情沈冷，說不上是痛苦還是惋惜。

「這話，妳要是早幾天說該多好。」他苦澀地笑了笑。

月箏莫名其妙，有點兒熱臉貼了冷屁股的感覺，他是拒絕了她千思萬想後作出的重大決定嗎？

「妳哥率領二十萬大軍已經攻佔了猛邑雲都。」雋祁恢復平靜，淡淡地說。

太平淡了，月箏都覺得他又在逗她玩。二十萬軍隊就能攻佔猛邑都城雲都？不可能！雋祁屬下有時候奏報消息並不避著她，猛邑皇帝和勢力最大的五王爺在雲都周圍僵持不下，光是他們各自的軍隊加起來就在三十萬左右，更何況周圍還駐守著其他宗室的勢力。若說月闕帶兵佔領了與翥鳳交界的那幾座城池，她還能相信，帶兵進了雲都，這個玩笑就太離譜。

雋祁知道她不信，笑了笑，有些苦澀。「猛邑內亂兩年，國力衰微，民怨沸騰，我八哥原本與五哥結盟，可五哥的最終目的是一人獨大，騙得八哥大半兵力後，派他率剩餘軍隊在雲隘山迎戰二哥的主力，又故意沒按計劃去增援，導致八哥全軍覆沒；八哥索要原本的兵力未果，終於知道自己上了惡當，一氣之下就跑去大彤關引入翥鳳的軍隊，想借刀殺人。」雋祁冷冷地一笑。「宗政鳳璘早就看好這個時機，就算沒有八哥的叛國，也會起兵殺來。二哥和五哥正兩敗俱傷，猛邑的外防簡直如同虛設，妳哥哥兵強馬壯一路毫不費力就占了雲都，可笑我二哥還在雲隘山與自己的兄弟搏殺，後面的老窩都被占了，這個皇帝當得真是窩囊到家。」

月箏異常沈默，她知道雋祁所說的句句事實。猛邑皇室多子多孫，雋祁這一輩直系皇子就有十二位，再加上正當壯年的皇叔十幾個，宗室勢力割據相當嚴重。二皇子登基為帝，諸多皇子皇叔群起反對，後來甚至造反自立，二皇子明知初登帝位就引發內亂是大忌也束手無策，兩年爭鬥下來，反讓翥鳳漁翁得利。

房間裡靜得只剩他和她的呼吸聲，雋祁沒有再說話，月箏也沒有追問。

天黑得非常快，似乎只是稍稍出了下神，猛醒時，屋內已經一片幽暗。

「吃飯吧。」月箏若無其事地說，平靜得太過刻意反而顯得有些慌亂。

「我已經答應了。」雋祁突然沒頭沒尾地說，月箏原本站起身打算去叫丫鬟，聽了這句話驟然停住了。「如果我想坐上皇位，就要送妳回去。」他輕輕地嗤笑一聲。「諷刺吧，如今誰能坐上猛邑皇位，要聽翥鳳皇帝的。」

月箏還是沒有反應，甚至都沒有轉身回來看雋祁一眼。

「即便如今猛邑淪為翥鳳的屬國，皇位對我……還是很有吸引力。」雋祁坦然說，半分沒有羞愧或者悲戚。「宗政鳳璘可以選任何人當皇帝，年幼的十二弟，甚至是五哥，都比我合適，他偏偏要給我這麼個機會，妳說為什麼？」月箏不答，雋祁冷笑。「他就是想讓妳明白，女人與皇位之間，男人都會作同樣選擇。」

月箏靜靜聽他說，他一樣都沒說錯。

雋祁聲音很冷，鄙夷而自嘲。「當初我放妳走，是因為我知道妳心裡只有他。現在，還是一樣。」

月箏終於長吸了一口氣。「我並不是一件東西，由得你們送來轉去。」

雋祁聽了卻低低笑出聲。「是啊，所以我要妳自己選。我當然沒權力送妳回去，因為……妳從來就沒真正的屬於過我。」

月箏驟然轉身，一片沈黑中仍然看得見他幽亮的雙眸，只是她什麼情緒都看不清。

「我不會回去的！」月箏無法控制地尖聲說。
雋祁懶散地靠坐在椅子裡。「隨便。」
他這樣的態度，反而讓月箏無從發作，只能恨恨地瞪著他，卻什麼都說不出口。
夜越來越濃，房間裡的兩人看不見彼此的表情，他沈默了一會兒，平靜地問：「妳還想自欺欺人到什麼時候？」
月箏的呼吸窒了窒，自欺欺人？她沒有！可想要理直氣壯大聲地反駁他，似乎又失去了力氣。
「玩物喪志，」雋祁用翥鳳話字正腔圓地說。「這個詞很有意思。喜歡了一個東西，就變得沒志氣。我還以為宗政鳳璘有多了不起，現在看來也不過是個傻乎乎的普通男人。因為他地位高，所以尤其顯得缺心眼，他明明已經把猛邑這塊肥肉叼在嘴裡了，就為了向一個女人證明自己曾經犯的那個錯，她現在的男人也同樣會犯，就把這麼個便宜吐了出來，我看不起他！」
「這跟我沒關係。」月箏盡力冷著語氣。
「嗯。」雋祁有些厭倦。「這和我也沒關係，我只是答應不再留著他要的女人，而這個女人怎麼決定、怎麼看他，我都不想知道。但是，月箏，我不得不提醒妳一下，妳和我之間並沒有真正成為夫妻這件事宗政鳳璘是不知道的，像他那樣的男人，如果連這個都能忍受，我看，妳只有一死才能讓他死心。」

「好啊，那我就死吧。」月箏賭氣。

雋祁呵呵笑起來。「太好了，就在我面前死，讓我痛快痛快。我等了妳兩年，妳對我笑的時候、看著我的時候，我就知道……妳還是沒有喜歡上我。女人喜歡上男人，不會有妳看我那麼平靜的眼神，妳讓我感到很挫敗。好吧，妳死吧。」

「雋祁……」月箏腿軟地踉蹌後退半步。

雋祁苦笑了笑。「原月箏，每個喜歡妳的男人都太可悲。宗政鳳璘活該倒楣，因為妳心裡至少還放不下他，我就太冤枉了。」他嘆氣般搖搖頭。

月箏陷入黑暗，呼吸異常困難，她覺得胸口像被什麼堵住了。

「我放棄了，兩年來，我很累，我對妳的心意，妳如果不知道，那就算了。」雋祁笑了笑。「如果妳知道，就去雲都吧，就算妳報答了我，妳我從此……兩不相欠。他在那裡等妳，妳去妳該去的地方，我得到我想得到的，我們各得其所。」

房間裡始終沒有亮起燭光，月箏甚至有些慶幸，黑暗讓此刻的她沒那麼狼狽。

當初一箭穿心後的原月箏，變成了一個可悲的怪物，不甘心再愛鳳璘，卻也無法愛上別人。

她嘗試了……卻失敗了。

現在她覺得很諷刺、很絕望！她就是無法面對這個事實！

鳳璘一而再地傷害她、逼迫她，直至讓她變成現在這樣無可奈何，逃無可逃、避無可避！就連雋祁……她都失去了。

他非要逼她回去，無非是想印證她對他無法忘情，想在她的絕望和不甘中獲得驕傲的滿足感，他就是要用她最後的尊嚴，讓他的人生完美無缺。

好吧，如果這是一場生平難以結束的折磨，她逃不開，那就拉著他一起下地獄！

第五十一章　雲都相逢

鳳璘派來接她去雲都的車馬很簡樸，月箏看了簡直發笑，他不想大張旗鼓地迎接她回雲都，生怕別人知道她的來處、她和雋祁這兩年令人誤會的關係。這簡直是掩耳盜鈴，這世上對她和雋祁最無法容忍的人不正是他自己嗎？難道天下人不知道，他也能跟著不明就裡了？

雋祁本來被要求提早兩天獨自前往，月箏偏偏要一起出發，雋祁當然同意。扶她上車的時候，他幽眸深深地看著她笑。「妳真是半點兒面子也不打算給宗政鳳璘留，同為男人，我倒真的有點兒可憐他。」

月箏用餘光瞥了眼鳳璘派來領隊的陌生男人，不用說，雋祁這話傍晚就能傳到鳳璘的耳朵裡。畢竟是奪國之恨，雖然不想惹怒他，依雋祁的脾氣，不給他添點兒噁心自己也舒坦不了。她故意笑得很燦爛，聲音也大了點兒。「我都替他感謝你呢。如果現在我肚子裡有了你的兒子，哈哈，他接我回去，這個孩子就是他的皇子啦，將來繼承他的江山，猛邑就大翻身了。」

雋祁聽了，抿嘴而笑，眼中真的流露出同情神色。領隊的背脊異常挺拔，臉色冷峻，估計在考慮要不要原話奏稟，奏稟了以後還有沒有命活下去。

月箏也瞥見了領隊的怪異神情，越發覺得有趣，一手撩著車簾一手反握住雋祁的胳膊，媚眼如絲。「要不……現在還來得及，我們再努力一下？」眼睛柔柔地往車裡一瞟，十足地蠱惑邀請。

雋祁噗哧笑出來，被月箏瞪了一眼，很配合地鑽進馬車，心裡暗嘆領隊真不容易，這話要怎麼和他的主子說？

馬車狹小，雋祁自然地把她摟在臂彎裡，月箏很安靜，軟軟地依偎在他的肩頭。雋祁淡淡地笑了，抬手為她理順了鬢邊的頭髮，她的臉色有些蒼白，眼睛合攏，長睫襯著膚色益發顯得纖長濃密，微微蹙起的眉尖洩漏了她的疲憊。剛才那個媚色撩人囂張跋扈的妖精不見了，只剩難掩內心茫然的小女人。

他的臂彎似乎永遠溫暖可靠，就在奔赴永遠離別的路上，她突然十分難過，這兩年裡是她過得太糊塗，還是他過得太明白？更緊地貼伏在他身側，這麼好的他……她一直都沒珍惜。「雋祁……如果……」

雋祁突然笑了聲，打斷了她的話。「看來我要長壽了。」

月箏抿起嘴巴，她知道雋祁是故意的。

「妳回去以後多多努力，早點兒把宗政鳳璘氣死吧，我就可以宇內稱霸了。」他呵呵笑。

月箏短促地嘆了口氣，艱難地用戲謔的語氣回答：「嗯，我不會讓你失望的。」

對於他倆來說，這個笑話的確不怎麼好笑，於是車裡便冷了場。

雋祁抬起另一隻胳膊，完全把月箏環抱在懷中，聲音很輕卻異常沈重。「月箏，沒有如果，這世上所有的事，都沒辦法重來一次。」

月箏默默享受他帶來的安心感覺，兩年相伴，她雖然沒能愛上他，卻對他萬分依賴。沒辦法重來一次……她的心被這句話刺痛，是啊，如果真的可以，當初她就不會從他身邊離開非要回內東關。

他似乎又猜到她在想什麼，苦笑著搖了搖頭。她看上去是最勇於向前走的人，其實……受困於已經過去的事不能自拔的卻是她，所有人都變了，但她卻沒有，也難怪，她本就是個極為固執的人。「過去的事，雖然無法忘記，但如果抓不住眼前，就只能一直失去，比如……」他頓住，原本想說，比如我，可是他剩餘不多的驕傲卻讓他無法說出口，一個大男人，在讓他充滿挫敗感的女人面前坦白自己的失敗，真的很狼狽。「比如……」他又用嘲諷的口氣掩蓋一切。「皇位。如果我不能忍受宗政鳳璘帶給我的恥辱，我就沒辦法得到那個位置，將來就只剩後悔。」他覺得自己有些語無倫次，幸好她沈默地不知在想什麼。

洛崗到雲都要十天的路，漸漸進入人口繁密的地區，月箏才真正見識到內亂帶給百姓的災難。到處是戰火廢墟，壯年男人幾乎被徵用一空，老人和婦孺滿面愁苦地躑躅盤桓在斷壁殘垣間，希圖可以找到些遮風擋雨的物品；幼兒因為飢餓而啼哭，婦人在絕望的嗚咽，讓明明和暖的春天也好像處處陰雲籠罩。

雋祁的心情極為低落，幾日下來連話都沒一句。

月箏明白他的感受，她尚且為眼前的景象如此痛心，所有人陷入戰亂的地獄，她卻在恬靜的洛崗安逸地生活，每一天平靜奢靡的日子都像是對飢寒交迫的人們犯下了過錯，更何況這是他的國家、他的子民，在這樣的苦難面前，她與他離別的傷感顯得十分淺薄。

夜晚宿在城裡一處荒棄的宅院，雋祁照例吩咐屬下盡力搜羅糧食菜蔬，分發給周圍流落街頭的老弱婦孺。

月箏站在一邊默默地看親自散發糙麵饅頭的他，心裡油然生出巨大的安慰和希望，這一瞬間，她幾乎有些感謝鳳璘能讓雋祁成為這片飽受苦難的土地的主人，她相信雋祁，他一定會做得比任何人都好。他的善良，她比誰都體會得深切。

一直忙到夜色深沈，雋祁和她才各自回臨時收拾的房間安寢，因為上次「皇子竊國」的言論估計對鳳璘造成崩潰性的打擊，他加派了人手前來「護送」，強制兩人分開就寢。為此她還要領隊「代傳」了她的鄙夷，一路分開睡能說明什麼？誰還相信她和雋祁之間玉潔冰清？後來彼此的心情太過沈重，她連和鳳璘置氣的心情都沒了。

院子裡點著熊熊的火堆，她叫住了滿面冷肅的雋祁。「你一定要結束這些苦難，這樣我才覺得走得划算。」

雋祁失笑，因疲憊而黯淡的眼眸升起些許光亮。「放心吧，我至少不會做得比宗政鳳璘差。」

雲都的春意比洛崗要濃些，樹枝上嬌嫩的綠色讓這座初獲安寧的城池現出恬靜的生機。

路上不見任何百姓，大開的城門像是在唱空城計，月箏抬眼看城樓，果然有一個熟悉的身影。她離城門尚遠，那個影子模糊渺小，身後又是層層衛兵，但她還是一眼就認出了他。

他果然不肯放棄任何一個她被逼無奈只能屈從於他為她安排命運的恥辱畫面。如果沒有雋祁同行，再次掀開他心頭那個不願正視的傷口，她都能想見他此刻臉上帶著何等志得意滿的笑容！逼她回來，他也不見得能好受。

在她車邊騎馬並行的雋祁笑了笑。「如果是我，絕對不來看。」宗政鳳璘沒有直接到洛崗接月箏，就說明他在乎。原來阻止不了，一旦可以，他就無法再容忍，一路上侍衛們的表現也證實了這個猜測。雋祁不明白，這樣掩耳盜鈴的宗政鳳璘為何會站上城樓，看著月箏和他一起姍姍歸來？心裡驟然泛起苦澀的自嘲，月箏果然比任何人都瞭解宗政鳳璘，她不肯晚兩天走，就是算準了讓宗政鳳璘看見這一幕吧。

站在城樓上的梁岳暗暗皺了皺眉，也看見猛邑九王爺伴著原妃的馬車相攜走近，九皇爺還時不時俯下身，聽車裡人說話似的。看來這個原妃的脾氣一點兒沒改，怎麼能往皇上心頭捅刀子就怎麼來！壯著膽子上前一步，他小心翼翼地說：「皇上，風涼，回了吧。」

鳳璘面無表情地看著馬車，淡然笑了笑。終於看見了——站在高處瞭望北方天際，終於看見她慢慢出現，漸行漸近。不管她是以什麼身分回來，不管此刻她身邊有誰，因為視線中有她……他意外地感到釋然。是啊……對雋祁的忌恨的確很無謂，畢竟兩年裡陪伴在月箏身邊的人是他。不過不要緊，他總要月箏忘記過去向前看，他自己先要做到。

進了城門，鳳璘的帝輦停在路中間，月箏和雋祁的隊伍自然就止步了。接近城郭的時候月箏已經放下車簾，馬車停下的時候，她的心也跟著重重地一頓。不等她有什麼準備，薄薄的簾幕外，鳳璘清朗又淡漠的聲音已經響在她的耳邊。「箏兒。」月箏僵直地坐在車裡，怨恨他足夠久、足夠多，卻因為他輕輕地喊了聲她的名字，就突然心酸想哭。

他已經緩慢地掀起車簾，月箏猛地扭過臉，不想看他。她的眼淚、她的懦弱只會增加他陰暗的自傲，不，絕不！

他的手抓住了她的胳膊。「箏兒，我來接妳了。」

月箏想掙開，這徒勞的掙扎或許在他看來不過是撒嬌，還不如大方地走下車。被他扶著登上氣派的帝輦，她到底有些緊張，不由自主地回頭看了眼身後的雋祁。他神情漠然地下了馬，在翥鳳皇帝面前，他這個屬國的王爺是無權騎馬的。月箏忍不住冷笑一聲，雋祁隨行在帝輦後面，她覺得諷刺又可悲，鳳璘羞辱人的手段較之兩年前又精進了，尊卑在見面的一刻立即見了分曉。

雲都城裡戒了嚴，家家門戶關閉，道路不見行人。

月箏第一次來猛邑的都城，雖然比不上翥鳳京城繁華富盛，卻比她想像中要宏偉得多。因為地處北方，建築大多結實厚重，整個城鎮顯得異常肅穆。鳳璘隨著她的視線，也漫不經心地打量著這座他拱手讓出的城池。「雲都……就是妳的嫁妝。」他笑笑。「我與……」鳳璘愣了下，在月箏面前說出那個名字的確還是心裡一螫，隨即他舒了舒眉，微笑道：「與雋祁達成了協定，讓妳以和親公主的身分成為翥鳳皇后。」

月箏冷漠地挑了下嘴角，他是在示恩嗎？雲都是她的嫁妝？他的意思是為了她放棄了吞併猛邑？如果是三年前的她或許還能相信！「猛邑民風慓悍，諸王殘餘勢力又未除盡，你雖然勉強吞下雲都，怕是不好消化。」她的語氣裡滿是看透了他的譏嘲。「把這個當我的嫁妝，就好像用月亮給我當宮燈一樣。」

他或許可以佔領雲都，絕對統治不了猛邑。他給雋祁機會，一來是羞辱羞辱她，面對她和皇位，雋祁照樣也選皇位；二來是因為雋祁的確是最適合的人選。八皇子挾怨賣國，猛邑百姓恨他入骨，自然坐不得龍座，挑起內亂的諸王和廢帝枉顧民生，也落得怨聲載道，反倒是一直置身事外又戰功彪炳的雋祁最得民心。鳳璘這樣得便宜賣乖，真讓她十分不屑。

鳳璘默然，並不解釋。

「我哥呢？」她到底忍不住問了一句，原本以為月闕會跑出幾十里來接她。

「他追猛邑五王爺的殘部去了甯蘭山區，最快也得兩個月後才能回返。月闕他……參加不了我們的婚禮了。」鳳璘有些遺憾。

月箏冷笑。

鳳璘也不再試圖與她交談，兀自從手腕上解下什麼，坐在帝輦上就開始編結。

月箏看清了那是串情絲，照樣是四黑一紅，鳳璘編結的手法嫻熟，看來是受了師父謝涵白的指點。為了做到這些，他又用卑鄙的手段去要脅師父了吧？或許還抓了蔣師叔當人質。

鳳璘編完一個結，又把情絲纏回自己手腕，還是用雲淡風輕的口氣說：「這是我跟謝先生要秘方煉製的，今生，換我來結滿妳我的緣分。」

月箏的臉倏然失去血色，心跳亂得她不得不緊緊抓住帝輦的扶手。

鳳璘看了她一眼，她眼中掩不住的悲傷讓他心疼。「這個結，是我終於找回了妳。」

月箏大口地喘了下氣，真丟臉，第一回合就這麼狼狽，她穩了穩心緒，說：「你真是越來越會自欺欺人了。」

鳳璘聽了一笑，無論她怎麼扭曲他的意思都沒關係，他對她的好，她總會明白。

第五十二章　猛邑公主

猛邑的皇宮占地不如翥鳳皇宮大，因為處處顯露出北方民族的氣概，在月箏眼裡有些失於精緻。安排給她的宮殿偏僻卻豪華，室內的擺設風格有些繁雜，既有翥鳳的南國巧致又有猛邑的北國厚重，向宮裡的老宮女打聽才知道，這曾是猛邑鑫藍公主出嫁前的宮室，也就是雋祁的三姑媽。月箏饒有興趣地細細看了主要宮室，真想找來雋祁笑著告訴他感受：他的三姑品味不怎麼樣。

可惜，進了宮，她就被好吃好喝地晾在這兒，別說見雋祁了，兩天來連鳳璘都沒露過面。

鑫藍公主年輕的時候大概很喜歡室外活動，後院裡各色玩器齊備，年深日久毀損了不少，月箏坐上鞦韆試了兩下還算結實。春風和煦，鞦韆緩蕩十分愜意，看來她見面的第一根刺扎得很對地方，鳳璘顯然一時不知該怎麼面對她。

她瞭解這種感受，是因為……她也不知道該怎麼面對鳳璘。似乎心裡已經做足了準備，一見面，還是羞惱慌亂，她甚至還沒仔細地看他一眼。

他似乎比之前多話，把他的打算明確解釋給她聽，但她卻覺得他比以往更加沈默，有種讓她說不出的壓抑感。

殿裡快步走出兩個宮女，用猛邑話稟報說嫁衣送來了。

月箏用腳點了下地，鞦韆又高高地蕩起，迎面而來的風讓她不得不瞇起眼睛。嫁衣……煩亂、譏諷和恨意一起湧上心頭，「原月箏」死了不要緊，鳳璘又憑空造出一個猛邑公主，他得償所願時從不想她的感受。

回了殿裡，滿眼都是鮮亮的紅色，裝飾的金紋閃出無數星點，鳳璘坐在這一片紅色裡，很安靜，月箏走進來時，他也只是默默把目光投注在她身上，沒有說話。

月箏看見他有些意外，他駕臨這裡不是該三番五次地派人催她回來叩見嗎？

只是掃了眼嫁衣，是猛邑式樣，月箏便走入內室，坐下了又覺得無事可做，乾脆上榻面向裡躺下。她聽見珠簾輕響，鳳璘也走了進來。

「樣式喜歡嗎？」他問，就站在床沿邊上沒有坐下來。

月箏渾身緊繃，如果他敢坐下來或是有什麼踰越舉動，她非冷不防打他個烏青眼不可！他輕辱了她，她也不能讓他舒坦了，就讓他頂著烏青眼眶去上朝，去和猛邑群臣談判。

心裡有了這個惡念，她倒生出些期待，拳頭用力地攥了又攥，豎著耳朵聽他的方位，務求一擊必中。

鳳璘卻沒動。「都處理好了，我們明天就動身回去。」他清楚地看見月箏細弱的雙肩劇烈一顫。

她沒想過會這樣快！明天就走？入城後匆匆分別，她才發現還有很多話沒有和雋祁說。

「我要見他。」她又攥緊拳頭，不是為了打他，而是堅定決心，他不答應，她就會一遍一遍地重複下去。

「好。」鳳璘連猶豫都沒有，淡然答應。

月箏皺起眉，果然分開得太久了，很多時候她都覺得猜到他的心思並不難，這次見面卻總有一拳打空的無措感。

月箏簡單整理了一下頭髮到外殿等雋祁，鳳璘只是坐在最角落的椅子上慢慢喝著茶，等待中與她一樣沈默。

或許是等待太過無聊，周遭的紅色又讓她心煩意亂不願多看，她的目光慢慢集中在角落的鳳璘身上。他穿了件淺灰色的絲袍，上好的衣料讓黯淡的顏色現出一種內斂的貴氣，也襯得他的臉如皎月，眉目如畫。

他從小就不易現出喜怒，有些少年老成，可兩年沒見，他還是漂亮得讓她無奈地呼吸一窒，太美麗的東西都是罪過，月箏體會深刻，單說外表，他真是讓她無可奈何的喜歡看。他比剛剛登基的時候多了分雍容沈靜，偏偏卻顯得更加強橫。

月箏咬了下牙，再不想細看他，幸好雋祁來得夠快。

雋祁換了貴重的猛邑袍服，讓站起身迎接他的月箏瞪著眼，愣愣地看著他忘記說話。她從不曾看過他打扮得如此華貴，不是軍中的甲冑皮身，就是洛崗的低調裝扮。她回過神，讚許地微微笑了。「真好看……」她用猛邑話輕聲卻一字一頓地說。

雋祁停步，僵直地看著她，原本還掛著淺笑的臉瞬間毫無表情。月箏覺得臉頰上的肉僵硬得不太聽使喚，想來她的微笑一定怪模怪樣，她想要寶問他是不是她的讚美太過虛假被他識破，還沒來得及發出聲音，卻被他猛然跨前幾步抱在懷中。她重重地撞在雋祁的胸膛上，頭頂還磕到他的下巴，緊緊相貼的一瞬，她聽見他狂亂的心跳。

淚水，一下子就落了下來，她甚至都還沒來得及承認自己傷心。

鳳璘還是坐在那張椅子上，她緊緊摟著雋祁的腰卻不再是為了氣他。她知道，這一次就是和雋祁的永別……捨不得，她真的捨不得！她要是成功地愛上他該多好！若說她到底有多對不起他，這一刻她才真正地明白。

「箏兒。」雋祁摟了一會兒漸漸放鬆了手臂，還是輕輕地把她環抱在懷裡，她那麼小，摟著她像摟著一個香噴噴的偶人，讓他又憐又愛。「箏兒……」他輕嘆了一聲。「別再和自己賭氣了，妳該活得自在些。」

月箏把臉貼在他的心口，始終是這副胸膛讓她最安心，因為她不必擔心自己會受傷。是啊，雋祁說得對，她一直就在跟自己賭氣，明明不是鳳璘喜歡的類型，非要讓自己看上去是那樣的女孩，明明被他深深傷害了，還裝作理解他的苦衷而淡然離開，因為不能忘情而恨自己，她實在活得不夠自在。

「會的。」她點了下頭，像是回答雋祁，更是對自己說。

嘩啦一聲，茶杯頓在几案上有些重。月箏聽了雙眉一橫，冷漠置之，雋祁卻戲謔地挑了挑嘴角，宗政鳳璘還想在箏兒面前裝大度、裝深沈，終於還是自討苦吃。如果是他，就會一五一十對這個女人說清楚自己的心意，可惜，宗政鳳璘不會。或許也是這個悲哀的男人太瞭解這個固執又任性的女人，就算此刻他說得感天動地，她也會冷眼相看，口是心非地踐踏這番真心。月箏……其實一直是個傻乎乎的小姑娘，對於自己的感情永遠是該明白的時候犯糊塗，該糊塗的時候又一下子機靈起來。愛上她，實在很累心。

雋祁苦中作樂地起了壞心，附在月箏耳邊忽高忽低地說：「糟了，忘記告訴妳一個我新打聽到的大秘密，是關於……」聲音又小下去。

鳳璘冷著臉，袖子裡的拳頭握緊又鬆開，再握緊。最後一次，他發誓這是最後一次讓雋祁見月箏！房間裡很靜，雋祁聲音高的時候，他不想聽也不行，低下去的時候他也不屑細細去聽，只是寒著眼看雋祁幾乎吻上月箏耳廓的唇。他覺得雋祁低語完看他的眼神尤其可惡，說不出的欠揍，月箏竟然也瞪著大眼古裡古怪地瞟了他一眼，鳳璘覺得指甲都刺入掌心。

「你可以退下了。」鳳璘壓低雙眉，冷漠地對雋祁說。

雋祁鬆開手，並沒表現出留戀之意，半含譏誚地說了聲是，逼得鳳璘拿出宗主國君的腔調也算他此行的收穫，就好像看一個孩子終於出盡所有法寶，最後只有耍起無賴一樣。

雋祁轉身向殿外走，鳳璘覺得呼吸不再那麼窒悶，終於都結束了。月箏突然用猛邑話叫住雋祁，作為鄰國皇子時學習猛邑語言也是門功課，他又曾駐守內東關數年，鳳璘知道她是在喊雋祁的名字，拳頭握得太緊，手指都發疼。接著月箏又說了串話，他竟然一點都聽不懂。

雋祁聽了，愣了一會兒，點頭而笑，說：「我會的。」

雋祁又轉而看鳳璘。「其實我真不想告訴你，但不說，又怕你們這兩個傻子還要繞更遠的路。」

「雋祁！」月箏知道他要說什麼，死瞪著他示意他不要說。能讓鳳璘難受的事，她不能錯過！

雋祁不理會她。「這兩年我們什麼都沒發生，當年她是怎麼從我的大帳回到內東關，如今她就怎麼回到這裡。」

鳳璘沈默了一會兒，徐徐道：「我並不在乎。」

只要月箏能回到他身邊，她變成了什麼樣，他都不在乎！她和雋祁沒有發生過什麼，他並不驚喜，他要的只是她這個人而已。

雋祁走了很久，鳳璘才說話。「早些休息，明日上路。從現在開始，妳就是猛邑的月箏公主。」

月箏因為雋祁的離去，心裡說不出的滋味，聽見他這句話又立刻起了火氣，尖聲譏嘲道：「不用換個名字嗎？陛下不怕引發諸多猜疑？」雋祁解釋了沒有用，其他知道內情的人可不是這麼看的。

鳳璘沈聲說：「不怕。」他的心裡總盤旋著她剛才對雋祁說的那句話，不，他不要知道，這和雋祁一樣，都該從他和月箏的人生裡永遠地過去。

「不怕？」月箏冷笑。「那我不要叫什麼月箏公主，我有名字的。」

鳳璘看了她一眼，一句話不說地走了出去，她一不順心就胡鬧的脾氣，他知道怎麼對付。

第五十三章　繁複婚禮

一路南去，天氣越來越熱，過了武勝府，月箏坐的馬車就換了輕薄的圍布。晚上宿在江邊驛館，因為行程不同以往，這個臨水的驛館竟是月箏沒有來過的。春天的月亮臨水而照，有種說不出的明豔清朗，月箏閒散地趴在窗臺上仰頭看，心情難得恬適無波。這裡的花木已經是春末極其茂密，微有醺意的夜風把樹葉吹得沙沙輕響，月箏閉上眼傾聽，這種自小就熟悉的聲音在洛崗是聽不到的，即便是夏天，那裡的樹木也沒有這樣繁盛的枝葉。

腳步聲從牆邊漸漸走近，月箏抿了下嘴，刻意沒動，他一來她就躲，倒像是她欠了他什麼似的，憑什麼！她躲他躲得夠多夠久，已經膩煩透頂了。

腳步在她窗邊停下，他沒有立刻開口，她也不睜眼看他，過了一會兒鳳璘才說：「明天中午就到官嶺了，要住兩天嗎？」也許是太久沒說話，他的嗓音有些沙啞。

聽見官嶺，月箏驟然睜開眼睛，眸子裡的譏諷映著月光讓鳳璘心裡頓時一螯。與兩年前故作冷漠不同，如今的她敏感而易怒，像是打定主意不再隱忍閃縮。他反而更喜歡這樣的她，看她氣到他後得逞的小得意或者生氣時眉目生嗔的嬌媚，他怎麼都看不夠，看一輩子也可以。

「官嶺有什麼特別？」她冷笑著反問他，居然還用了猛邑話。自從出發，他硬安了個猛邑公主的身分給她，她就賭氣一直說猛邑話，還好從猛邑帶來的宮女都是特別挑選的，自然不會揭發她的半吊子，翥鳳的內侍們又聽不懂。

鳳璘沒答，月箏以為他聽不明白，刻意傲兀地仰起下巴，轉身要離開窗口。

「官嶺對我來說，很特別。」他突然開口，月箏嚇了一跳，強自表現得無動於衷。鳳璘又沈默了，月箏冷嗤一聲，往房間裡走。鳳璘看著她隱沒在床帳後的身影，淡淡一笑。官嶺對他，一直很特別，過去是母后喜歡，現在是他很喜歡，不，他不是喜歡官嶺的香料，而是她身體的芬芳和官嶺香料混合而成的特殊香味。他曾下令後宮只用官嶺的香料，才發現她身上這股甜淡的味道獨一無二。當他又下令禁用官嶺香料時，所有人都暗暗怨怪他的無常，甚至連朝臣都私下議論了這件事，說他有剛愎自用的苗頭，生怕他中年後居功自傲變為一個暴君，盡毀英名。

「早些休息吧，明天就直接趕路。」他笑了笑說。「我走了。」

月箏翻著白眼不給他半點反應，直到他的腳步聲消失在遠處，她在枕頭上半撐起身，皺眉望了眼空空的視窗，看來雋祁說的是真的。以前胡亂看師父的醫書，記得有提過男人如果思慮憂煩太甚，就會導致那方面的問題。他憂煩？這兩年來他不是處處春風得意，會憂煩到陷入男人最尷尬的境地？月箏裹住被子，想想也有可能，他從小就是深心詭詐的人，天天誰都算計，現在要盤算的是整個天下，變成這樣也不足為奇。

一路上他都是與她分房而睡，連拉她手一下都沒有，更別提有什麼慾火難抑的樣子。月箏心口一悶，會不會他非要接她回來，是因為他和別的女人漸漸不行，覺得以前和她沒什麼障礙，所以才這麼偏執成狂，連她和禹祁的事都容忍下來？他是把她當藥用？他不是有兩子一女了嗎？不過……都是她離開後一年裡生的，後來就再也沒有皇子出生了，完全不行了？

越想越亂了，月箏用一隻胳膊壓住腦袋，阻止自己再胡思亂想下去，即便這樣一夜也睡得支離破碎，早上起來一臉菜色。

鳳璘倒是神清氣爽，容色照人，早飯簡單，他擔憂地看了眼坐在對面的月箏。「不舒服？」月箏漠然不答，拿起包子來吃，不自覺地偷眼打量他，據說太監的皮膚都會比正常男人好一些，鳳璘這白皙瓷繃的面皮該不會就是「症狀」吧？

鳳璘被她看得脊背莫名有點兒發毒，放下碗筷迎上她的視線，月箏正滿心疑慮，邊偷瞟邊走神，被他盯得一恍，怔忡回魂時沒避開他的眼神。她清楚看見那雙沈黑幽亮的眼瞳裡慢慢泛起笑意，他還挺高興？她眼角抽了抽，是啊，這都關她什麼事啊？雖然以後會少了很多「樂趣」，她也決定袖手旁觀，再好好地刻薄他一番！心情不好，她就天天拿這個事說，利用她不是那麼容易的！月箏瞇起眼，幸災樂禍地看他，想起當初他就裝不行想為杜絲雨守身，這算報應吧？

鳳璘竟被她看得有些招架不住，訕訕地閃開眼神，猜不透她心裡在想什麼才會有這麼邪惡的表情。「今晚會到豐州，明天我就先行回京都，準備迎妳入城的儀式。」他覺得必須得說些什麼，不然那種心口發堵的感覺陌生又難捱。

「入城儀式？」月箏用猛邑話重複，他要搞很大的陣仗？隨即她恍然大悟，看他的眼神充滿不屑。怪不得會「不行」，天下的事都讓他算計絕了。什麼舊情難忘，根本狗屁，一來是存了那樣不堪的私心，二來是想讓天下人知曉猛邑和翥鳳從此休戚相關。給她個公主的身分不是為了討好她，提高她的地位，最重要的是「和親」。現在讓她做皇后真是八面玲瓏，便宜占盡，月闕會感激他進而為他赴湯蹈火，杜家被「和親公主」壓了一頭再無話可說。

幸虧她吃了他太多的虧，把他看透了，不然還會傻傻地認為他真的「不能忘情」。一股火從心裡燒起來，她甚至冷笑出聲，活該得那病，活該！

鳳璘的脊背上又浮起一層冷汗。

隨行人數不少，過了豐州所有儀仗又全鋪陳開來，隊伍行進得就更緩慢了。

鳳璘先一步回了京城，月箏倒覺得輕鬆很多，漸漸有了沿路看景的心情。一路行來，她真的覺得與他相處很累，情緒起伏非常大，處處揣測他又在算計她什麼，如果她是男人一定也和鳳璘一個症狀了。月箏心煩意亂，越發覺得天氣悶熱，用袖子直搧風。她也發現了，針鋒相對也需要精力，兩年前她連報復他的力氣都被折磨得精光，天天在崩潰的邊緣掙扎，最大的爆發就是去投奔了雋祁。洛崗的平靜生活、雋祁的細心呵護，她現在才體會到恢復得有多好，至少她有精力去斟酌怎麼折磨他。

到了京城外五十里的平安州，隊伍在行館裡安頓下來，宮裡派來的執事太監說納采、送聘、送冊寶……一套儀式下來要半個多月。月箏十分不耐煩，天天被折騰得夠嗆，想甩手不幹，宮女、太監包括猛邑跟來的侍女都哀哀悽悽跪了一地，個個都好像命在旦夕的驚恐樣子，讓月箏束手無策。

鳳璘的戲做得很足，有幾次他都是凌晨從宮裡出發到平安州來履行儀式，月箏每次看見他鄭重其事的樣子就報以不屑冷笑。

最後一個儀式是酬神，因為司禮監已經選定吉日吉時，帝后要共同拜謝天德，月箏戴著沈重的禮冠跟著鳳璘跪下起來，已經憋了一肚子怨氣，禮官還捧著香滔滔不絕地說祝禱之詞，一說就是半個時辰。月箏忍無可忍，甩手就往旁邊設置的椅子走，鳳璘發覺她的意圖並沒阻攔，她才走了一步就被跪在腳邊的猛邑侍女瑞十死死拉住，她嚇得嘴唇都蒼白了，眼神裡盡是哀求。月箏煩惱地嘆了口氣，終是站回原地，捱到禮官說完。也是，她現在怎麼說都是猛邑公主，太放肆的話，最丟臉的還是猛邑，雋祁大概早就料到她會不擇手段地折磨鳳璘，所以才挑選了這麼個侍女天天用軟刀子逼她別丟他的臉。

儀式完畢，月箏冷著臉悶悶地往寢宮裡走，鳳璘倒一反常態地跟著她。她回身瞪他，趕他走的意思表達得十分清楚，鳳璘視而不見，他也穿著厚重窒悶的禮服站了一個多時辰，起得早又趕五十里的路，天氣也燥熱起來，他的倦色掩都掩不住，臉色有些蒼白。他發現月箏又用那種古怪的眼神盯著他瞧了，還好沒再執意趕他走。喝了口茶，心裡的煩惡去了幾分，他一抬眼，又撞上她探究的視線，她似乎也嚇了跳，故意板起臉，看得他又想笑了。也許他的笑意真的流露出來，她看上去有些惱羞成怒。

「你的目的都達到了吧？」她惡意地嗤笑，長長的睫毛輕蔑地一扇，非但不刻薄反而很媚人，他的喉嚨緊了緊，趕緊壓服了瞬間竄起來的心猿意馬。目的？她知道？鳳璘看著她嬌美的側臉。他的目的在她看來又是可笑的吧？當初娶她的時候，他並不真心，後來成為他追悔莫及的隱痛，如今他有幸重來，當然要一板一眼，盡善盡美，雖然他也覺得冗長的儀式十分煩躁，但只要想到他能用天下最隆重的禮儀迎娶她，他就覺得心滿意足。

「猛邑百姓很滿意你這番表演吧？」她挑著嘴角，譏誚地說。他這樣大費周章，耗時費日，不過是做樣子給天下人看，尤其給猛邑人看。淪為屬國，猛邑人到底覺得蒙受奇恥大辱，民心並不馴服，翥鳳皇帝用這樣高的規格來對待猛邑的和親公主，多少起些安撫作用。

鳳璘的眼神一黯，沒有說話，雖然難受，但他不想解釋。

第五十四章　絕非賢后

月箏坐在掛著紅紗的鳳輦上，聽著百姓的歡呼和不停不歇的鞭炮聲，心煩到連微笑都裝不出來，幸好紅紗頗厚，她看外面也朦朦朧朧只是個大概，看熱鬧的人更看不清她的神情。這是她的國家、她的子民，她也知道不該以現在這樣的心情對待他們，只是覺得自己像被鳳璘當眾戲耍的猴子一樣招搖過市。

接近皇城的時候周圍就安靜得多了，路邊設立的御林軍也更多，密密地排成人牆。鳳璘就站在五鳳樓下的宏偉大路中央，親貴臣僚肅穆地躬身站在甬道兩側，甬道太寬，他們遠遠的都只是些人形布景。這是月箏第一次從午門下走過，從門樓的陰影一出來，眼前就是無比寬闊的巨大廣場，翥鳳皇宮的正殿就像頂立在天地之間般威武，雖然帝后大婚，這座歷經百年的高傲殿宇也沒有披紅掛綵，仍舊維持著它神廟般的莊嚴。鳳璘穿著皇帝的明黃袍子，當然而立，天子的威儀潰潰昭顯，讓人不由自主想要向他臣服。

月箏被四個執事太監扶著，踩著躬身伏地的太監下了鳳輦，甬道寬闊，似乎天地最高貴肅穆的空間裡只有她和他。

月箏被扶著走到他面前跪下，這一瞬她心有不甘，但在這樣的地方、這樣的他面前，竟然沒有胡鬧的勇氣。

鳳璘在太監的唱頌下，把象徵皇后榮耀的印璽金冊頒賜給她，月箏被兩側的宮女扶著雙手高捧，還要叩謝皇恩。鳳璘沒有讓她彎下腰，飛快地握住她的手腕把她拉了起來，後面執禮的太監頓時傻了，沒想到皇上竟會不按事先安排進行。

一直緊張地守在旁邊的梁岳倒吸了口氣，其實出這樣的狀況他一點兒都不意外，趕緊瞪了執禮太監一眼，示意他不動聲色地繼續。

執禮太監趕緊跳過皇后對皇上三叩九拜的這一步，宣佈送帝后進天極殿行禮。儀仗浩蕩地往天極殿走去，梁岳和執禮太監都是一頭冷汗，梁岳暗暗搖頭，只要一碰見原妃，不，人家現在是皇后了，皇上也跟著沒譜起來。

所有步驟進行完畢，皇上賜宴群臣，月箏被送到曦鳳宮等待。

曦鳳宮簡直成了紅色的海洋，月箏原本就蓋著紅紗蓋頭，整個寢殿像被人扔進紅色染缸撈出來的，看得她眼暈得幾乎要嘔吐。無論是皇帝大婚還是屠夫成親，聒噪無比的喜娘都少不了，皇帝家的似乎還特別多特別吵……月箏覺得太陽穴都要爆開了。「妳們都退下！」她因為想要活命，口氣格外嚴厲，這是最近她唯一說的一句翕鳳話。

喜婆們面面相覷，雖然沒有立刻退下，但都閉了嘴。

「皇后……」曦鳳宮主管宮女香竹為難地上前一步。「按規矩……」

「退下！」月箏不管不顧地發了脾氣。

香竹只好讓喜娘們離開，寢殿裡頓時安靜了，月箏這才覺得自己活過來，努力地大喘了兩口氣。香竹就沒她這麼開心了，環視著鴉雀無聲的寢殿惴惴不安，沒人敢鬧皇帝的洞房，所以喜樂氣氛全憑那些喜娘烘托。皇上對這次大婚極為重視，以他那陰陽怪氣的脾氣，一會兒來了見殿裡悄無人聲還不雷霆大怒？

沒等香竹繼續擔心，就看見皇后娘娘抬手掀蓋頭，香竹大驚失色，幾乎是撲過去不顧禮儀地拉住月箏的手。「娘娘，不可！」太慌張了，尾音都岔了。

站得稍遠些的瑞十也跑過來撲通跪下，連聲哀求。

月箏眉頭緊皺，拿她們無可奈何。

外邊太監通稟。「皇上駕到。」

月箏被香竹和瑞十拉扯著很沒樣子，只好冷聲用猛邑話說：「放開。」瑞十翻譯給香竹聽，香竹也不想被皇上看見這樣的場面，就和瑞十一起鬆了手，心裡又疑惑起皇后娘娘為什麼明明會說翥鳳話卻特意不說，難道這也有關國體，處處強調皇后是猛邑公主？

鳳璘走進來，香竹立刻跪下準備解釋喜娘的事，被他抬手阻止。「都下去。」他聲音平和，似乎並不生氣。

香竹和瑞十趕緊逃命一樣退出寢殿。

月箏沒想到他居然回來得這麼早，賜宴不是才開始嗎？沒人再扯著她的胳膊，她氣悶地要掀蓋頭——還是沒成功，鳳璘不知何時已經走到她面前，握住她的手腕。

「我來。」他輕聲說，口氣柔和，手上卻加了勁，月箏甩了一下沒甩開也懶得再掙扎。鳳璘用秤桿挑去了蓋頭，月箏冷著臉垂眼不瞧他。鳳璘與她並肩坐下。「上次就是妳自己抓下了蓋頭，我們才那麼多波折。」

月箏張了張嘴，還有這麼無恥的人嗎？這一耙子讓他倒打的！千萬句反駁的話都湧到嘴邊：她和他那麼多波折是因為她掀蓋頭？明明是他自己心懷鬼胎，簡直是他按部就班地逼「死」了她！她惱怒地抬眼瞪他，卻看見他一臉莫測高深的微笑，驟然頓悟他是故意這麼說逗她開口。話全被她噎在嗓子裡，堵得臉色都發了白。

見她忍住，鳳璘有些失望，笑了笑，又解下情絲編結。「這個……」他低沈開口。「是祝賀我終於可以用天下最尊貴的儀式娶妳。」

月箏愣了下，若說不感動也是假的，因為他說得太真誠，只是這感動去得也快，她已經不相信他說的任何一句話了。「虛偽！」她用猛邑話刻薄地說，鳳璘只是繼續編結，不知道是沒聽懂還是不想解釋。

月箏把禮冠粗魯地摘下，毫不珍惜地摔在妝檯上，自顧自倒回榻上，價值不菲的皇后禮服被她胡亂碾在身下。碩大的鳳榻她躺在最外側，拒絕之意明顯。

鳳璘只是站在榻邊不動，不強行上榻也不離去。

月箏背對著他躺，大半個時辰過去，也不見他有任何動靜，甚至連找個椅子坐下都不曾，她越發堅信他有隱疾。洞房花燭夜，能這麼傻站著乾看的男人要是沒病就怪了！

假意起身喝水，她偷瞥了他一眼，他雖然面容平靜，眼睛裡卻全是痛苦的忍耐，這神色她倒是很瞭解，以前她累到不行哭鬧著不再要的時候，他就是這副忍耐又無奈的表情。他現在……是在痛苦自己不行吧？

深恐傳言有詐，她決定再試他一試，喝完水躺回榻上的時候，她挪到了裡面，雖然還是背對著他，卻已經給他留夠地方。她也想好了對策，如果傳言有假，她就義正辭嚴地拒絕他，說上次洞房花燭他的表現嚴重地侮辱了她，這次她也不肯了，怎麼也得給他添點兒噁心。

鳳璘果然順水推舟地躺在她身後，很規矩，手都沒有伸過來，身子也保持著距離。

月箏瞇眼，定論了，他有病！

她突然起了惡念，當初月闕和她不明就裡，被他騙得團團轉，月闕還勸她不要挑逗他，說那種想要又不行的滋味對男人來說如墮地獄。好啊，他終於掉進去了，這是老天爺給她討回公道的機會，她不利用一下真是太對不起上天這番因果報應了。

嚥了口唾沫，雖然主意不錯，行動起來還真需要勇氣，畢竟這個人是鳳璘，對於他，她的心緒太紛亂。她緩緩坐起身，妖嬈地轉過來面向他，似笑非笑，卻輕輕蹙起眉尖，手撫上自己的脖子又慢慢解開衣襟。她仔細觀察鳳璘的神情，他的眼睛瞬間張了張，又迅速半瞇了下來，長長的睫毛掩住了黑眸裡的情緒，她看不分明。他的喉結滾動得非常厲害，手重重地按在身體兩側，脊背也非常僵直，他卻還是不動。月箏冷笑了一下，好吧，鳳璘，她該讓他明白抓她回來的代價，她就是個向他討債的！

「最近都沒……」她故作難耐的樣子，白玉雙臂從豔紅禮袍裡滑出來，柔柔撐在他身體一掌遠的地方。「我很難受……」話音止於嗚咽，聽起來更像需索的呻吟。嬌美的容顏一旦沾染了媚氣，就是毀天滅地的誘惑，鳳璘不得不偏開了頭不看她。

月箏咬了咬牙，豁出去地像蛇一樣輕扭著伏上他的胸膛。「今天你怎麼也該『振作』起來吧？」她故意往他的傷口上撒鹽。

鳳璘皺眉，眨了眨眼恍然大悟，牙齒重重地磨了磨，該死的雋祁，他終於明白那天他在月箏耳邊說的是什麼了，也明白了月箏這麼多天來又幸災樂禍又半信半疑的探究神情。不過……目前的形勢……似乎對他非常有利。

月箏已經柔若無骨地攀著他的雙肩，神情痛苦地咿咿嗯嗯輕蹭著他的胸肌，他抬眼這一瞬間，身體已經快爆炸了。「別……別再折磨我了……」他的額頭倏然冒出一層汗水，眼睛又緊緊閉起，呼吸急促凌亂，煎熬萬分地說。

月箏深呼吸，今天她可是下了血本了！「鳳璘……鳳璘……」也不說猛邑話了，細著嗓子媚媚地叫。

「我……」鳳璘死死抿住唇邊的笑意，在月箏看來卻是無盡的忍耐與絕望。「我還不……」他在心裡哀嘆，怎能不愛她呢？有她在身邊，他竟然有了惡作劇的心情。以前也是，現在還是。他終於感覺自己還是個人，而不是高高坐在龍椅上按部就班的行屍走肉。

她垂下頭，嬌嫩的面頰貼著他的臉，他的鬍髭扎得她有些疼，他還是沒能行，她心裡大樂。抬起身，她簡直太得意了，有些忘形地抬腿跨坐在他的胸口，聽他難受地輕哼了一聲。「哎呀呀，」她瞪著大眼睛，笑得意氣風發。「一代英主肇興帝這是怎麼啦？皇帝當久了，男人就不會當了？」

鳳璘轉過臉，幾乎把半個面頰埋入枕頭裡。

月箏覺得他這是羞愧得無地自容了。「真不行了？」她乘勝追擊，用小屁股在他胸口頓了一下，喜不自勝。

鳳璘深吸了一口氣，轉回頭直視她，他的目光讓她一愣，笑容都僵住了。

他原本死死扯著殷紅床單的雙手飛快地掐住她半裸的纖腰，有些抱歉地對她說：「我突然覺得又行了。」

月箏還來不及再說出一句話，已經被他起身掀翻在床上，躺都沒躺穩當，人已經壓上來了。

她真是氣惱到要與他同歸於盡了，不過為時已晚……

站在殿外廊上的香竹和瑞十一晚上都聽皇后娘娘斷斷續續又氣又恨地喊：「騙子……騙子……」最後沒了聲響。

瑞十很擔憂。「皇后娘娘在罵誰啊……」她有點兒不敢確信，這個莫名其妙跳出來的「公主」沒一天讓她省心的，將來翕鳳皇帝忍無可忍因為她滅了猛邑都有可能。新帝怎麼非挑這麼個女人充當和親公主啊？真是鋌而走險哪！

香竹暗自哼了一聲，還能有誰，皇帝陛下唄。猛邑的女人就是脾氣古怪，想起皇后娘娘對她和喜娘們聲嚴厲色的樣子，一會兒說翥鳳話一會兒又非要說猛邑話的彆扭勁兒……反正絕非賢后！

第五十五章　皇室詛咒

一大清早，曦鳳宮的寢殿裡就唏哩嘩啦響得十分熱鬧，幾乎到凌晨才去安歇的香竹和瑞十黑著眼眶，驚疑不定地帶著宮女們小跑進殿去看出了什麼大事。

寢宮裡一片狼藉，地上全是四分五裂的擺設和珠寶，價值連城的新婚鳳冠都被皇后摔得支離破碎，珍珠滾了滿地。她們進去的時候，皇上坐在榻上悠閒穿衣，神情是近年來從未見過的和煦溫潤，像是完全沒看見身邊的凌亂和皇后的怒氣。

皇后摔了桌面、條几上擺放的所有物品，那些都是皇上為了大婚特意從內庫裡逐一親自挑選的，現在全都變成了殘破的碎片。見她們進來，披頭散髮、衣冠不整的皇后娘娘恨恨抬臂一指，用猛邑話喊：「滾出去！」

宮女們全都驚得張大嘴巴，傻呆呆地站在門口不知如何是好，瑞十雙腿一軟，跪跌在地嗚嗚咽咽地哭了起來，完了，翥鳳要與猛邑開戰了，她要掉腦袋了。猛邑就因為這麼個瘋瘋癲癲的女人到底會死多少無辜百姓啊？瑞十真的很抱怨自己錯跟了主子，很抱怨皇帝為什麼會挑這麼個人來和親，新婚第一天就鬧得無法收拾。

「下去準備盥沐用物。」皇上舉止瀟灑從容地穿整裡衣，微笑著吩咐她們，倒像在袒護她們似的。

宮女們得了指令，立刻飛速跑了出去，趴在地上哭的瑞十也被拖走了。

月箏簡直氣瘋了，鳳璘絕對是故意讓她自投羅網，昨天她就恨得要命，卻連發脾氣的精力都沒了，今早一睜眼就看見身畔帶著滿足笑意的他，真是氣得想死的心都有！以前還能口口聲聲討伐他使用卑劣手段掠去她的尊嚴，昨晚那算什麼事兒！

「小心碎瓷片。」優雅下地的鳳璘還體貼入微地用腳為她踢開床邊的雜物，細細檢視有無扎破她腳的危險物品。

「你去死！」月箏被他那種吃飽喝足後才表現出來的大度完全激怒了，手邊已經沒有可摔的東西，恰巧晨風吹起屏風上掛的殷紅紗幕，她順手扯住尾端，用力一拉，整架屏風都呼啦啦倒了下來，這下殿門外都響起了侍衛們「護駕」的喊聲。

「別進來！」鳳璘飛快高聲阻止，外面又歸於平靜。看了看月箏半露的香肩，鎖骨上還明顯留著昨晚激情的印記，鳳璘的慾火一下子又漫升起來，可目前的情況，再想如意……估計難了。忍耐地咳了咳。「先穿好衣服。」他偏過頭對月箏說。

月箏也被他剛才明顯色迷迷的眼神看得渾身不自在，尤其他眼神落在她鎖骨上的時候，她差點尖叫著去掩，不想顯得太懦弱太可笑才死忍著沒動。聽他一說，她倒沒再鬧下去，一臉仇恨地上榻用被子蓋住了自己。

鳳璘回頭看了她一眼，安慰道：「不必生氣，也不是次次都能這樣，」故意露出些傷感。「昨晚……是難得的……」

月箏的臉有些泛紅，也不知道是不好意思還是氣的，鳳璘趕緊轉回身，怕被她看見笑意，頓了下，正色喊人進來伺候。

香竹和瑞十戰戰兢兢地踅進來，偷眼請示皇上的意思，鳳璘向偏殿丟了個眼色，香竹會意，上前柔聲請皇后娘娘去偏殿的瀲灩池盥洗。

月箏的確難以忍受自己的一身狼藉，貫臉地跟著她們去了偏殿。泡在池水裡，月箏的心情平復了很多，跪在岸上為她細細擦背的宮女神色緊張，她回身打量她的時候，她更是一副快要哭出來的樣子。月箏心裡也有點兒抱歉，雖然她不喜歡鳳璘挑中的人，但這個長相清秀的姑娘的確也投她的眼緣，這兩天來她的惡劣表現，也把她嚇得夠嗆吧？

「妳叫什麼？」月箏輕聲問她，失敗地發現即使這樣輕柔的語氣也讓曦鳳宮的宮女頭目身子劇烈一顫，像受了什麼驚嚇。

「婢子名喚香竹。」香竹小心翼翼地回答。

香竹……月箏皺眉。「以前就叫這名字嗎？」

香竹搖頭。「選入曦鳳宮後皇上改的。」

月箏冷冷一哼，鳳璘最拿手的不過就是這些打動人心的小恩小惠。香竹誤會了她的意思，立刻放下手中的香巾，以頭觸地，聲音顫抖地懇請道：「娘娘若不喜歡，婢子拜求娘娘賜名。」

月箏無語地看著哆嗦如驚弓之鳥的女孩，想安慰她又不情願，只好不耐煩地嘖了一聲。

「不必改了，拿衣裳來吧。」這次回來，無論是鳳璘還是他挑的宮女，都讓她厭煩透頂。

瑞十雙手捧著衣裳從簾幕外走進來，雙眼哭得通紅，月箏一邊讓她服侍穿衣一邊問她：「妳又怎麼了？」

瑞十有些賭氣，覺得自己的主子不識大體連累國民，冷著嗓子說：「我怕翥鳳皇帝會怪罪猛邑無禮，再次發兵攻打雲都。」

月箏聽了，噎了口氣在喉間，瞪了瑞十兩眼。「這麼怕死，我就送妳回雲都好了！」她的聲音提高了些，雙眉也驕縱的挑起，她們在說猛邑話香竹聽不懂，但看瑞十倔強的表情和皇后娘娘冷漠的神色以為瑞十亂說話惹怒了娘娘，立刻伶俐地上前扯著瑞十跪下，口裡連聲代瑞十求饒。月箏被她弄得莫名其妙，聽了她的話才知道又被誤會了，可見驕橫的形象已經多麼深入香竹的心。翻了下眼，月箏只穿了裡衣就返回了正殿，梳洗整齊的鳳璘穿著華貴精美的帝袍端端正正地坐在床邊向她微笑。他也剛沐浴過，頭髮沒乾透就梳起綰上玉冠，看起來分外幽黑服貼。長睫上的霧氣也似乎沒有散去，黑眸漾漾飄蕩著說不清的情愫，看起來格外妖嬈風流。

跟在她身後的香竹和瑞十因為腳步匆匆顯得有些狼狽，香竹看見鳳璘立刻流露出求救的眼神，鳳璘和藹地笑著向她輕搖了下頭，示意不必緊張。月箏看在眼裡，心裡越發恨了，都是好人，就她壞。好啊，那就壞到底吧！

「準備一下吧，妃嬪們都在殿外等著拜見新皇后。」鳳璘微微而笑，當著她說起他的妃嬪們沒有一絲半點的愧疚，聽他坦然的口氣，月箏又覺得氣恨難平，三年前廣陵行宮裡一副三貞九烈的德行，現在怎麼不繼續裝了？料準她沒戲唱了吧?!

「不見！」她乾脆躺倒，憑什麼她就非得按他說的辦？不滿意就殺了她、貶了她嘛！

鳳璘也不急，坐在床邊輕笑著看她纖美背影，不再出聲催促。

皇上的遷就和難得的好脾氣讓寢宮內外的下人們為之嘆息，果然是一物降一物，平常那麼難伺候的皇帝陛下娶了個惡女後反而改弦更張，變得柔情脈脈，寬容大度了。司禮太監扛不過，一身冷汗地進到寢殿最裡層簾外撲通跪倒，本就尖細的嗓音聽起來更加不男不女，讓月箏起了一身雞皮疙瘩。「皇上皇后，杜貴妃率全體宮眷已經等候多時了……」後半句他還真沒膽子說了，巴著眼看貼著簾幕站的梁岳，梁岳兩眼平視前方，好像沒看見他似的，氣得司禮太監暗暗磨牙。

聽了司禮太監的話，鳳璘還只是笑著不催促，一副悉聽尊便的樣子。

月箏的拳頭握緊了又鬆開，再握緊，心裡惱恨不堪。看來她想過「自在」的生活真是異想天開了，今天她要耍脾氣不見，估計事情就沒個了局，鳳璘沒有半點代她趕走那群女人的意思，他是在向她示威？他一個半殘男人，外頭那些女人全是擺設而已，他不以為恥似乎還洋洋得意呢！杜貴妃率領全體宮眷？月箏冷笑，杜絲雨這個無冕之后不是費盡心機討好皇帝嗎？那麼熱衷把她送上鳳璘的床，就為看到今天的局面？

「來人。」她翻身起來，也不看鳳璘，用猛邑話吩咐瑞十隨意打扮一下。天氣已經十分炎熱，月箏故意挑了件只適合在寢宮內穿的薄紗裙，頭髮也鬆鬆地用白玉扣綰住。鳳璘很有眼色，見她穿戴完畢，親自過來牽她的手，引著她去前殿接受妃嬪們的參拜。

得到宣召進入陰涼殿內的妃嬪們絲毫沒有因為終於不必接受太陽炙烤而開心起來，個個面色不豫，新皇后的下馬威似乎給得太重，讓她們在院子裡等了大半個時辰。站在最前面的杜絲雨仍舊面帶高貴微笑，沒顯露半分怒色。

新皇后衣著隨便地走出來，神色傲慢地與皇上並肩端坐在正座上，一向清冷的皇上還柔情密意地拉著她的手，臺階下的女人們立刻都被激怒了，心裡又酸又苦，幾個妃嬪甚至立刻就紅了眼眶。皇后實在過分，她們可都是個個按品大妝，鄭重其事地來向她行禮的！

杜絲雨愣了一下，似乎沒想到月箏會放肆到這種程度，鳳璘居然還是縱容她？雙眉一展，唇邊的笑意更濃了一分，率先跪下，杜絲雨恭聲道：「恭祝帝后新婚大吉，多福多壽。」

她身後的宮眷們再不樂意，分位最高的貴妃都行禮如儀，她們也不好公然忤逆禮儀和聖意，也跟著跪下，重複杜絲雨的話。對皇后極為不滿的同時，貴妃的風儀就顯得格外得體貴氣了，貴妃統領後宮三年，處處比那個一臉妖相坐在皇上身邊的外族蠻女強百倍。

月箏看著跪伏在臺階下的絲雨，她的臉上絲毫沒有半分受辱不甘的表情，月箏想不出此刻她的心裡是什麼樣的感受，如果是她，絕對不會有這樣平靜的神情，裝都裝不出來。杜絲雨和鳳璘一樣，讓她感到害怕，她猜不出他們的想法，不知道什麼時候他們說的是真話，什麼時候是假話，他們向她笑的時候，是真的開心，還是想害她？

月箏沒有說話，包括杜絲雨在內的妃嬪們都不能起身，敢怒不敢言，臉色都越發難看了。月箏淡淡地看著她們，甚至覺得她們比杜絲雨更可愛些，至少她們還表露出她們的情緒。與兩年前又不同，杜絲雨甚至比之前更老練沈穩了，月箏隱隱覺得，比之夫妻情意，她有更大的圖謀。是皇位嗎？月箏知道她是皇長子之母，家世又顯赫，有這樣的想法簡直順理成章。

一下子又想多了，月箏覺得厭煩又後悔，會不會一段時間以後，她也會被迫變成和杜絲雨用同樣方式思考的女人？意興闌珊地用猛邑話命宮眷們起身，司禮太監立刻逐一向她介紹各位宮眷的名字和封號。月箏只聽了幾個就覺得頭疼，露出懨懨神色，還說肇興帝後宮少人，放眼一看也是花團錦簇的一大片。

鳳璘敏銳地發覺了她的不耐，抬手阻止了正要介紹下一位的司禮太監。「改日吧，今天到此為止。」鳳璘的眼神淡淡向殿中一掃，妃嬪都不由收斂了自己的怒色，躬身行禮退出殿外。

這次新后的朝見儀式在翥鳳建國後算是絕無僅有的，宮眷們暗地怨聲載道，新后傲慢無禮的名聲不脛而走，街知巷聞。比起外族蠻女無德而居后位，朝野更驚奇的是向來法度嚴厲的肇興帝非但對皇后百般寵愛縱容，對臣子們也漸漸和顏悅色起來，朝堂上時不時還見了笑容，或偶有諧謔玩笑之語，比起先前喜怒無常，冷漠少恩，倒像換了一個人。

不知是江湖術士的傳言，還是廟堂臣工的猜測，京城人人知悉：皇城似乎與當朝皇帝有相沖之處，也許是他畢竟奪兄長之位而稱帝，受了上天的詛咒。若非本身受罰，脾氣暴躁怪異，患有隱疾，就是妻子應劫，頑劣無德，全無中宮風範。反正自從娶了惡女為后，皇帝倒溫文和氣了，這也未必不是翥鳳皇朝之福，畢竟一個女人禍害的不過是小小的後宮。

第五十六章　如此謊言

每日皇帝上朝後，有封號的妃嬪都會定時來晨省皇后，這讓月箏痛不欲生。在洛崗散漫慣了，如今天天要早起讓她厭煩至極。

香竹為她梳頭的時候，月箏無聊地打著哈欠，突然想起一連三夜鳳璘睡在她旁邊十分安生，雖然又是滿臉痛苦隱忍，眼睛裡閃著狼光，卻還是有心無力的情況。他到底有病沒病，她又猜不準了。

妃嬪問安的時候，月箏真有心留下杜絲雨問問看，畢竟現在真正能「分霑雨露」的妃嬪也沒幾位。看著杜絲雨一臉皇后式的微笑，月箏真是再也提不起興趣和她說話，她都能想得出，問杜絲雨什麼，她都會說些無關痛癢的話應付她。

實在被好奇心折磨得夠嗆，月箏忍了又忍，終於留下了二皇子的母親韓妃，在後宮也算地位超然的一個。

香竹為韓妃換過了茶，韓妃拘謹地半坐在椅子裡，眼睛裡有明顯的猶疑，不知道皇后留下她會說些什麼。

月箏也不知道該怎麼開口問，氣氛沈默而尷尬。「嗯……」見韓妃的神情越來越驚恐，月箏趕緊出聲，怕她想歪了。「二皇子……還好吧？」

一聽皇后提起二皇子，韓妃立刻肯定了自己的猜想，臉色變得極其複雜。捨不得孩子，可不搭上皇后這個靠山，景兒想壓過隆安成為太子的可能幾乎沒有。慌亂地瞥了眼周圍，因為月箏想問的是私密的話題，宮女們都被遣出，只剩香竹一個。香竹本就十分伶俐，見韓妃那一眼看來，立刻躬身快步退出去了。見寢殿無人，韓妃撲通跪倒，嚇了月箏一跳。

「皇后娘娘勞心了。」韓妃甚至還淌下了眼淚，月箏瞠目結舌，不知道她唱的是哪一齣。韓妃因為之前月箏的欲言又止和怪異神色，斷定她已「深知」皇上的隱疾，生怕自己將來無子，才破天荒地留她下來密談。斟酌了一下語句，韓妃才悲痛地說：「娘娘不必過於擔憂，皇上此病雖然由來已久，絕非不可藥治，娘娘日後必定會多子多福。」

月箏瞪大眼睛，這韓妃也太聰明了吧，她沒給半點暗示，她就猜出她要問什麼了？

韓妃擦了下眼淚，繼續說：「臣妾願為娘娘分憂，景兒如今剛滿週歲，娘娘不嫌他駑鈍代為撫養，將來他一定如娘娘親生。他日娘娘誕下龍子，景兒與臣妾也無半點非分之想，願一生服侍娘娘。」韓妃說得直白實在，一是覺得這個外族皇后脾氣驕縱，讓她主動開口要孩子，將來肯定會挾怨在心；二來怕她翕鳳話懂不太深，自己說得太隱晦了，皇后反而不懂。

月箏一口氣提不上來，噎得臉色泛紅，完全弄擰了。看韓妃說得悲痛又實在，她還真不好意思說她想太多了，自作多情。「此事我會再多考慮，妳先退下吧。」月箏腦袋嗡嗡直響，鳳璘的妃子沒一個是簡單角色，別人還需舉一反三，這些女人連一都不用知道就直接想出三來了。

下午鳳璘比平時回來得早，見月箏沒精打采地歪在美人榻上，臉色鬱鬱，忍不住暗暗一笑。

「怎麼了？」他在她腳邊坐下，認真地問。早已知她今日留下韓妃密談，他向來對她們冷淡，估計月箏得到的消息讓她十分敗興，無法理直氣壯地譴責他欺騙。

月箏故意閉上眼，別過頭。

鳳璘雙手撐在她腿邊，俯下身細看她，貼得近了些，她身上的香味沁入他的肺腑，鳳璘停住，眷眷輕嗅。

月箏又氣又羞，恨恨坐起身想推開他，卻被他順勢一把抱在懷中。「滾開！」她口不擇言地喝了一聲，鳳璘聽了也不生氣，反而抱得她更緊。

月箏惱怒地擰著肩膀，想把手從他懷裡抽出來，卻發現他身體劇烈地顫了顫，聽見他難受地哼了幾聲。她疑惑地抬眼看他，只見他臉色發白，十分痛苦的樣子。「你……你……」月箏有些驚慌，雖然洞房那夜他的表現讓她覺得飽受被騙侮辱，但韓妃的話卻又證明他的確是有病，鳳璘身材瘦高，病弱的印象不知不覺就深埋入月箏心裡。「你哪兒難受？」

鳳璘垂下頭，似乎無力抬起，胸膛劇烈起伏。「哪兒都難受……」

「香竹，快宣太醫！」雖然恨他，但又實在無法對他的病痛視若無睹，月箏也有些厭惡自己，那麼多恩恩怨怨，她不是該對他冷漠視之嗎？可……的確是做不到。

「扶我……躺下。」鳳璘的病似乎來得很快，一下子連說話都好像斷斷續續的了。香竹去宣太醫，瑞十又去準備接駕用物都不在身邊，月箏想喊梁岳帶人進來。「別……」鳳璘緊緊握住她的手，神色痛楚。「別讓人看見朕這副樣子。」

聽他說朕，月箏心裡一酸，作為皇帝，鳳璘的確無可挑剔。或許他對自己要求太高，心思又太細密，所以弄得如今病弱不堪，因為沒立太子，連生病也不敢讓下人們知道，估計是怕有變故。看著他蒼白的臉色，額頭冒出來的冷汗，心一下子軟了，把他扶上榻躺著。

太醫來得很快，跪在榻邊上前請脈的時候，鳳璘突然抬手止住，皺眉對月箏說：「妳先出去。」半似命令半似請求。

月箏覺得自己心跳很快，有些怕太醫做出的診斷，鳳璘看過來的時候，又覺得自己這個樣子很沒骨氣，故意冷著臉。聽他讓她出去，本來處處與他作對，可現在真的有些巴不得走得遠一些。

退到外殿，月箏故作鎮定地喝著茶，看似對鳳璘的病情無動於衷，可端著茶杯的手卻止不住的微微顫抖。她對鳳璘的「隱疾」一直抱著幸災樂禍的態度，沒曾想過按他的年齡只有在身體油盡燈枯的情況下才會出現這樣的病症，她恨他，時不時詛咒他去死，可她從未想過他真的會死。

太醫從內殿裡出來的時候，身體抖如篩糠，臉色青得沒有半分血色，月箏光是看他的神情心就全都涼了。

「他……」不自覺地從椅子上站起來，她竟然沒膽量問出口。

太醫雙腿一軟，跪得很沒風儀，顫著聲說：「請娘娘屏退左右！」說這話的時候，眼淚都含在眼眶裡了。

所謂左右不過是香竹和梁岳，雖然擔心，但太醫都這樣說了，也沒等皇后吩咐，兩人都急急退了出去。

「皇上他……」老太醫嘴唇哆嗦，半人說不出一句完整話，好在皇后只愣愣看他，也沒追問。「皇上恕罪！」老太醫突然提高聲音，說了句不搭邊的話，還咚地叩了個響頭。

內殿的鳳璘聽見了，有些著急，生怕他沒膽說出那句謊話，到底……讓一個在宮內供職多年的太醫說出這樣的話，也實在是難為他了。老太醫說這句話，不過是向他再三請罪之意，還好月箏沒有發現異樣。

老太醫抖了一會兒，終於說：「娘娘恕罪，皇上他……時日無多。」

月箏身子一晃，像被打了一記悶棍，老太醫跪著也不敢去扶她。

「到底是什麼病？」月箏緩過神，無法置信地瞪著太醫。

「皇上總是憂心國事，前段時間又御駕親征，身體虛耗殆盡，元氣大虧……」老太醫唯唯諾諾，腦門上的汗又湧出新的一層，抓著眼前的事順口胡謅。

「那就補啊！」月箏幾乎跺腳，不是什麼大病，不就是身子虧虛嗎？怎麼可能時日無多呢?!

「皇上平時……」老太醫心一凜，也豁出去了，這倒是實話。「諱醫忌藥！太醫院多次跪求皇上注意保養龍體，莫要過於操勞，按時進補，可太醫們盡心配出的藥方，皇上置之不理，連梁總管日日勸諫也無用，所以才導致今日惡果。」

鳳璘在內殿聽得斷斷續續，雙眉一壓，對侯老太醫簡直刮目相看了，剛才讓他說那麼一句「時日無多」就嚇得快要哭出來的人，現在倒不怕了？找月箏告起狀來了？

心思一分，就沒聽見月箏說了句什麼，過了一會兒才見她臉色煞白地走了進來，鳳璘心有不忍，將來她得知他又耍手段騙了她，一定會暴跳如雷吧。

身為帝王，本無戲言，撒這樣的謊連他自己都覺得可笑，但是……他再也忍受不了她的冷漠，或許花多一點的時間，多一點的心意，她遲早會回心轉意，但是他等不了。每天每天，這樣活色生香的她就在身邊，俏生生卻冷冰冰，他真想時時把她拆解入腹，又想刻刻捧在手心，可又怕自己的急躁會適得其反，讓她更加討厭他、抗拒他，這樣的滋味，太難受。

鳳璘苦笑，算了算了，他承認自己的卑鄙，就這樣吧，他只是想讓她接受他的愛而已。進了內殿就一直盯著他看的月箏誤會了他的苦笑，她討厭他這樣認命的笑。「你笑什麼?!」她簡直受不了他這樣的放棄。

「我……快不行了吧。」他閉上眼，長長的睫毛安靜地覆在瓷白的面頰上，他俊美得一向妖嬈，此刻的苦澀笑容，讓她心如刀絞。

「是啊！你……」她想說惡毒的話，讓自己別哭出來，可那句你快死了卻怎麼也說不出口。

他似乎什麼都了然於心，緩慢地睜開眼，他心思起伏的時候眼睛就會格外黑亮，也格外美麗了，月箏偏開視線，竟不忍再看他。他慢慢地坐起身，下榻摟住她。「趁我還在，別再繼續恨我了……箏兒。」

月箏僵直地被他摟在懷中，沒有動，是啊……人都要不在了，愛和恨，都如過眼的雲煙，什麼意義都沒有了。

鳳璘深吸了一口氣，突然打橫抱起她，月箏嚇了一跳，下意識想跳下地，生怕他身體不好，會暈過去。

他收緊手臂穩住她，深深地看著臂彎中的她。「箏兒，我今生最大遺憾……是沒能和妳生一大堆的皇子公主……」這話說出口的時候，他也沒想到自己會流眼淚，等他發覺了想掩飾，雙手卻因抱著她而無能為力。

月箏震動地看著那兩行飛快跌落的淚水，是真心的嗎……她還是忍不住懷疑。的確可悲，現在他無論說什麼、做什麼，她都本能地去懷疑……相信他實在太難。

可是，如果……她簡直不能去想那個假設，三年了，三年後被他傷得那麼透的她，一想起他會死、會消失在這個世上，椎心之痛與以前一樣劇烈而無法承受。信不信他……還重要嗎？

有些懊惱，他竟然在她面前哭了，鳳璘飛快把她放在榻上，生硬地掩蓋剛才的失態，故意笑了笑。「趁我還能行……給我生個孩子吧，箏兒。」

月箏恍惚了一下，這口氣好熟悉，原來她就是這樣哀求他的。

「不！」她失控地推開他，心裡的傷口又被血淋淋地劃開了。

「箏兒……」鳳璘皺眉，心如刀割，他知道她為什麼說不。這樣雙眸含淚、盡是恨意的她讓他束手無策，他黯然坐直身體，長長嘆了一口氣。

入夜，難得涼爽的清風吹入殿宇，輕柔的紗幕微微飄擺，鳳璘躺在月箏身側，又是煎熬難耐。「箏兒……」他試探地翻身覆在她身上。「我……好像又……」

月箏也一直沒有睡著，他壓過來的時候，她重重嘆了口氣，抬手環住他的脖頸。「我們……都聽天由命吧。」

鳳璘聽了，吻住她的嘆息，只輕輕地應了聲「嗯」。

纏綿銷魂蝕骨，淪陷在這樣的快感裡，他再次覺得自己卑鄙又幸福……是啊，就這樣吧，這樣緊緊交纏在一起……就是他們的命。

第五十七章　專寵之禍

盛夏的清晨也是悶熱難耐，太監們時時潑灑清水在曦鳳宮的地面上，總算解了些暑意。瀲灩池水溫偏高，月箏只能下去胡亂洗　洗就跳上來，鳳璘嚴厲吩咐過下人們不許她用涼水沐浴，真的很不痛快。頭髮還沒晾乾，身上又被熱出一層薄汗。香竹進來通稟說侯太醫來了，要例行為她請脈，月箏躺回鳳榻，紗帳放下來的時候她簡直要悶得透不過氣來。

因為她怎麼吃也不胖，鳳璘總覺得她受過重創又久在洛崗苦寒之地，身體羸弱，每隔七天就要侯太醫來為她診脈。她覺得更需要小心治療的人是他才對，也許他是存心逃避，宣太醫來的時候總在上朝時分，不過太醫院送來的藥物他倒開始按時服用了，氣色好了很多，最近也少見心悸暈眩情況。

隔著簾子診了診，侯太醫一成不變地說：「娘娘萬安。」

「大人……」在旁伺候的香竹詢問地看著侯太醫，月箏幾乎都能想像得出太醫搖頭時香竹失望的模樣。每次診畢，結果都要立刻報去乾安殿，月箏知道，鳳璘日夜在盼她有喜的消息。

「侯大人留步。」月箏煩悶地皺眉，隔簾叫住太醫。「香竹退下。」這話她還真不願意當著香竹問。「侯大人……他……」咬了咬牙，好在已經不是第一次開口了，比上次說得容易多了。「他那般縱慾，真的沒關係嗎？」她簡直無法理解，明明是病弱不堪，甚至對別的女人「有心無力」的男人，怎麼可能有體力和精力隔三差五地通宵達旦與她歡好，只略睡一、兩個時辰就神清氣爽地上朝理政，說他行將入土真是怎麼也不像！她勸過他、拒絕過他，每當他幽幽嘆口氣，說出那句萬試萬靈的話：「趁我還行，就容我及時行樂吧。」她就沒了轍。

侯老太醫跪在地上嘴角抽了抽，皇上這個彌天大謊撒下來，最大的幫凶就是他，說著說著似乎也就習慣了，能極其自然地睜眼說瞎話。「娘娘，這也是皇上身體好轉的徵兆，皇上憂勞累積，只要不是過於勉強，也是種舒緩。」

「他就是過於勉強！」月箏脫口而出，說完自己也懊惱了，這都什麼事啊？竟然和老太醫討論起閨房秘事來了。鳳璘這般折騰，看來也是急於求子，其實沒必要，他有隆安和隆景，不該這樣強求。難道真的是覺得沒能與她共有個孩子遺憾終生？

侯太醫的嘴角又抽了一下，尷尬地咳了咳。「只要不是服藥支撐，也就算不得……算不得勉強。」

月箏也不知道是羞的還是熱的，脊背又浮出一層汗，趕緊讓侯太醫走了，說下去真是沒臉再相見了。

剛昏昏欲睡，就聽見太監說：「右司馬夫人來了。」

月箏起身隨便攏了攏頭髮，還是疲累得沒什麼精神，駱嘉霖有鳳璘賜給她的令符可以隨意出入宮禁。外人不知內情，都說皇后娘娘與原夫人十分相契，皇上對原氏一家都另眼相看，原氏一門雞犬升天，連太夫人都常常受邀入宮饗宴。此傳言一出，世家貴族對月箏的攀附之風更盛，禮物川流不息地送入了曦鳳宮。月箏懶得費心，哪些該收哪些退回全憑鳳璘去管，漸漸朝堂盡知：曦鳳宮的意思就是皇上的意思，外族皇后的風頭一時無兩。

當然，這是比較中聽的，宮裡宮外都對一個驕橫蠻女為何這般受寵，簡直專寵專夜，眾說紛紜，裡面自然摻雜了很多不堪入耳的猜測。

「娘娘，娘娘！」兩歲多的原非翊一路喊著跑進來，也許是血緣至親的關係，小小的孩童就和月箏十分親近。月箏看見他也是精神一振，露出笑臉，伸開雙臂讓他撲到懷裡來。給他擦了擦跑出來的汗，月箏立刻叫香竹和瑞十把曦鳳宮裡好吃好玩的都拿出來給他，逗他說：「小也想娘娘嗎？」

月闕一家人的名字都很奇怪，非翊這個名字是原學士冥思苦想出來的，解釋非常生僻奧澀，原家人就都以瞭解到這是個吉利的名字為滿足。當爹的月闕總隨口叫兒子「非也，非也」，從此「小也」這個名字廣為流傳，儼然成為小名。不敢讓小小的孩子叫月箏姑姑，於是「娘娘」這個不倫不類的稱呼就被原家用來代替「姑姑」一詞了。

逗著小也，月箏眼角抽搐地瞥著坐在旁邊喝著冰茉莉茶鬼鬼祟祟一眼一眼盯著她看的小也娘。「又怎麼了？」月箏沒好氣地問這個被她哥同化得越來越不靠譜的嫂子。

駱小二的眼神又猥瑣了幾分，探問道：「很『累』啊？」

當著姪子，月箏立刻受不了了，瞪了她一眼。「妳到底想說什麼？」

當娘的也不避諱兒子，先十分嬌羞地推卸了下責任，嫋嫋婷婷地說：「其實也不是我想問的，是婆婆想知道。京城到處都在傳，婆婆也很煩心。」

月箏右眼開始狂跳，有了非常不祥的預感。

小也娘美目純真地一瞪。「他真的只對妳能行，對其他女人都『振奮』不起來啊？」

小也也跟著瞪大眼，茫然看著姑媽，好像也等著她回答似的，月箏頓時招架不住，高聲喊瑞十把小也帶到外面玩。

「唉，都嫁了人了。」小也娘還眨著眼，似乎覺得月箏的羞澀十分矯情，放下茶杯又來了一句：「這傳言是不是真的啊？」

月箏努力平復著自己的呼吸。「我也搞不太清！」這倒是句實話。

駱小二點頭。「果然是真的。」

月箏氣噎，什麼就是真的了?!

駱小二面色戚戚地安慰說：「妳不用擔心，月闕傳信問過師父的，醫書上也記載過這種情況。男人的那個問題，多數是心理原因，他大概覺得特別對不起妳，所以和別的女人在一起的時候，內疚壓住了色慾，就不行了。」

月箏這回連額頭的青筋都爆出來了，他們竟然捕風捉影就去問了師父？千里傳信就問這個?!「嫂子……」她咬牙切齒。

駱小二渾然不覺，還從理論角度繼續分析道：「……和妳在一起的時候，又歡喜又沒壓力，所以就行了。」

「嫂子……」

「唉，唉。」駱小二瞥著月箏白裡泛青的臉色，詭異地唏噓。「寵冠後宮……看來也是個體力活兒，身兼數職啊。」

月箏的血管徹底爆裂了，以前月闕就對她和鳳璘的閨房事很「關注」，娶個老婆也有過之無不及！

「奇怪啊！」駱小二陷入深深迷惑。「他把整個後宮的『雨露』都澆灌到妳身上了，怎麼半年來妳還沒消息哪？婆婆都有點兒擔心了。」

「……」月箏緊握拳頭，從牙縫裡冷颼颼地往外擠話。「用不用再去問問師父啊？」

「嗯嗯。」駱小二極力贊同這個提議，連連點頭。

就在月箏要跳起來轟她出去的時候，鳳璘一手一個拉著隆安和小也從外面進來，瞧了瞧月箏的臉色，有些猶疑。「聊什麼呢？」

「沒什麼，沒什麼！」駱小二搶著說，還知道要避諱下隱私主角。

鳳璘笑笑，低頭看著兩個年紀相仿的孩子，微笑道：「下次，可不能去爬那麼高的樹了。」隆安很喜歡小也，只要得知他進宮一定會找來和他一起玩耍。有些老實的隆安一碰見小也，總是會一反常態地做出些極為調皮的舉動，大概他身邊缺少像小也這樣生機勃勃的玩伴才顯得有些內向。
月箏看見他的笑容，心裡重重一頓，不可否認鳳璘是個好父親，即便理政再累，每天都要抽時間和孩子們見一面。或許怕她心中有刺，他很少把孩子領到曦鳳宮來，都在乾安殿陪他們。有一次她路過的時候看見他在樹下給雅甯唸故事，驚訝得忘記自己本該傲兀離開。
第一次知曉他已經有三個孩子的時候，她更深地鄙夷了他的虛偽，也口氣惡毒地譏嘲了他。她早就發現了鳳璘對付她的新策略，就是無論她說什麼，他都只是微笑著聽，不生氣也不解釋。她把這沒火性的樣子歸結為他的「病症」。或許當初寬容了雋祁的孩子，她如果真的恨鳳璘，又何必對此耿耿於懷？她生氣的不過是他的虛偽。看他疼愛孩子的樣子，她心裡竟一下子又酸又疼，或許這就是他從小期待而沒得到的父愛。
「走，朕帶你們去泉湯。」鳳璘又拉著兩個孩子去了偏殿，小也是最喜歡「娘娘」的大水池的，每次來都要在裡面玩很久，也不怕熱。
兩個孩子都非常歡喜，笑聲從偏殿傳出來，忙碌準備午膳的宮女太監們都跟著笑嘻嘻的。
駱嘉霖湊在月箏耳邊，小聲地說：「怎麼看來，他也不是很討厭。」月箏沒說話。
「妳還恨他嗎？」駱嘉霖這回問得很認真，月箏垂下眼，真的不知道該怎麼回答。恨，怎麼不恨？可是……太多的事，還有他的病，都讓她覺得自己也越來越糊塗了。

入秋，皇后有喜的消息震動了整個朝野。

很多傳言破滅了，又有很多傳言興起，最盛的消息看起來十分可靠：因為酷似聖上登基前的嫡妻，外族皇后才這樣受寵，她若生下皇子，愛她成癡的皇上很可能立刻冊封孩子為太子。

月箏坐在院中享受著秋夜的涼爽，星星格外密集，看得久了有些頭暈。

「進房吧。」自從得知她有喜，對她格外小心翼翼的鳳璘輕輕伸臂攬起她。

今夜他的話格外少，月箏知道他有心事。

並肩躺在榻上，誰也沒有入睡，鳳璘終於開口喚了她一聲：「箏兒……」

月箏動了動表示她在聽。

「皇位……留給隆安可好？」月箏終於要有自己的孩子，立嗣問題不容迴避。以前從沒和她談過，因為她會自己想出很莫名其妙的枝節，徒惹煩擾。

月箏沈默，皇位一直讓她有種莫名的恐懼感，鳳珣、鳳璘、絲雨……包括她自己，都為它變成可悲又可怖的怪物。「我想要個女兒。」月箏沒有回答他的話，一直以來她都夢想有個乖巧可愛的女兒，不用擔心她面對皇位的血腥爭奪。

鳳璘聽了，低低一笑。「好。」沈默了一會兒，他說：「在冊立隆安之前，我還需……」

月箏皺眉，非常厭惡，啪地拍開他輕搭在她身上的手，打斷了他的話。還需試探杜家和杜絲雨是吧？還需要盡心機把牽扯到的人都算計一遍是吧？每次他在她面前掩不住深沈心機的時候，她都會極度討厭。

鳳璘苦笑了一下，淡然說：「我……都要安排好。」

他都要為她安排好，若先她一步離開，絲雨便會因是皇帝生母而成為太后，月箏……不是她的對手。

月箏聽了他這句話，鼻子驟然一酸，每次他像這樣交代後事般說話，她都受不了。雖然恨他的詭詐，又覺得無奈，身為帝君，若不能駕馭情勢，便只能落得慘澹下場，就如……鳳珣。

杜絲雨一直迎到祥雲宮外的宮道上，距上次鳳璘臨幸這裡已經一個多月了。鳳璘的儀仗走過來的時候，她循規蹈矩地跪下迎接，被鳳璘飛快地撈起，她向他嫵媚的笑了笑，這麼久沒來，她沒有半分怨色。

進了內殿，獻過茶果，杜絲雨不動聲色地打量端坐上首的這個俊俏男人。密報……真的準確嗎？他的臉色的確是蒼白，雖然勉力強打精神還是掩不住滿布周身的倦意，可……他真的到了行將就木的最後時刻？

對他，她究竟是什麼樣的心情？怨？愛？極端的情緒早在兩年前消耗殆盡，如今的她，變成了和他一樣冷酷的人。在收到密報鳳璘患上嚴重的弱症，已經病入膏肓的時候，她不是不難過，正如此刻看著自己從少女時代就愛戀的美貌男人，覺得十分惋惜。他要死了？她不得不承認，她最先感到的是一陣解脫般的輕鬆，終於都結束了！她再不必對隆安的未來戰戰兢兢恐生有變了。她看著燭火中的鳳璘微微而笑，唉，還是恨他的呀，他變心了，所以就算他死，她也不要傷心！

鳳璘丟了個眼色，梁岳便識趣地帶著宮人們退了出去。

雖然絲雨保持微笑，輕輕顫動的指尖還是暴露了她的緊張。

「絲雨，」他嘆了口氣。「五日後，朕打算冊立安兒為太子。」

絲雨立刻跪下，叩謝這天大的恩典。他這樣匆促的立嗣是不是真的到了快要撒手而去的時刻？不然不可能月箏還懷著孩子就匆匆冊立隆安。

鳳璘坐在椅子裡看著她，看了很久，久得她都奇怪地抬頭探詢地瞧。他笑了笑。「朕只有一個條件。」

條件？絲雨愣了下，隨即無法抑止地冷漠一笑，她已經猜到了答案。他要走，捨不得的只有一樣。

「妳……可能善待月箏？」他問，冰涼涼的眼神看得她徹骨寒冷。他何必還問？他自己也說了，這是個條件！

「臣妾與皇后從小相識，自會和睦相處。」絲雨垂下眼，鄭重地說。她聽見坐在上首的他深深嘆了口氣，這樣的結局……他很無奈吧。就算原家能與杜家在朝堂上一較高下，可後宮裡的原月箏是個徹頭徹尾的失敗者，再多風光榮耀都改變不了一個事實——她失盡人心。

不是因宮眷間毀謗她的一切原因，只是因為她受到鳳璘的專寵！於是，她便是後宮裡所有女人的仇敵。

夜晚，當鳳璘只是安然沈睡在她的身邊時，絲雨在深濃的黑暗中微笑了，病入膏肓或者是真的，「隱疾」卻是他扯下的無恥謊言！其他妃嬪不知道，所以只嫉妒月箏是唯一讓他「興奮」的幸運女子，可是，他瞞不過她！

和她生下隆安，並非顧念往日一番情義，出身帝王家，「延續根脈」是從小烙入他靈魂的東西，這恐怕是他唯一剩下的把原月箏考慮在外的理智。他從來就對杜家保持著警惕的態度，隆景的存在就是證據，他不會讓杜家成為「唯一」皇子的外戚而多了資本。

命運，真的是個很難以琢磨的東西。絲雨想著，差點笑出來，自己也覺得有些瘋狂。此刻他無動於衷睡在她身側的恨，讓她對他的死亡感到一陣幸運。她畢竟比原月箏走運，搶不到這個男人的心卻為兒子搶到了那張九五龍座，然後……成為後宮真正的女主人。

第五十八章 一生結緣

月箏有一下沒一下地用團扇搧著風，雖然天氣已經轉為涼爽，可心頭仍是煩躁難當。她聽見瑞十在簾幕外很小聲地說：「……醒了，不過沒起來。」簾子一掀，鳳璘便輕著腳步走進來。

月箏刻意保持著扇子的頻率，她本來就該對他去別的女人那兒無動於衷，可恨的是，他何必又一大早地回這兒來？來看看她的反應嗎？若想看見她吃醋大發脾氣，就別妄想了。她覺得煩躁，只是好奇他到底對其他女人「正常」嗎？對杜絲雨正常嗎？如果他沒有改善，三不五時地去「臨幸」其他妃嬪，不僅虛偽可笑，還暴露了他的病症，換來的不光是妃嬪們的抱怨更會惹來萬般猜疑，這不是他最不想看到的嗎？

鳳璘看了她一會兒，輕輕笑了笑。「快起來陪我用早膳。」

聽他這樣的口氣她尤其受不了！他憑什麼認為她會笑臉相迎地和他一起吃早飯？心裡才這麼一動念，握扇子的手已經啪地用力拍在大腿上，自己都覺得太露痕跡，乾脆躺著不動。鳳璘走來拉她的手。「起來吧，有重要的話和妳說。」他的語氣鄭重，她還是甩開他的手。

「箏兒，我……」他笑笑，不想岔開話題。「這兩天我就要……」

梁岳有些著急地跑進來說：「容將軍求見。」

鳳璘皺眉，似乎想到了什麼。「箏兒，回頭再和妳細說。」他的腳步有些急，月箏回頭看的時候，已經不見他的蹤影。

剛吃過早飯，就有人通稟說衛將軍夫人求見。月箏愣了一下，將軍夫人？香蘭？

來的果然是香蘭，她比兩年前胖了很多，害得月箏以為她也有了身孕，強忍著不哭，也不讓她哭，經年重逢的激動過去，還問她幾個月了？香蘭皺眉想了一下，悲戚地問：「小姐，我真那麼胖了嗎？」月箏嘿嘿尷尬地笑著，一時無語。

「我本來早就想入宮看您，可『聖上』不讓！」香蘭說起鳳璘的時候，還是帶著一種不屑和不忿，讓月箏聽了十分舒暢。

「為什麼？妳早回京了？」月箏也不高興了，鳳璘又撒謊，她問起衛皓香蘭的時候，他還說他們還在老家任閒職，悠然度日呢！

「是啊，他對衛皓說，太早讓我見您，我會出壞主意！」香蘭忿忿，瞪著眼睛委屈地看著月箏。「我能出什麼壞主意啊？都是您自己想的！」

月箏無語了一下，眼角抽了抽。

香蘭瞥了瞥月箏還沒隆起的肚子，嘖嘖搖了搖頭，一副為時已晚無力回天的樣子。「小姐，您已經不恨他了吧？還真給他生孩子啊？」

這個問題月箏也很頭疼，揚了揚下巴，悻悻說：「我能有什麼辦法？」她又不能對任何人說起鳳璘的病情，前兩天才被駱小二折磨完，今天又來了香蘭，真是有苦難言。看香蘭對她的說法一副不以為然的樣子，月箏突然理解鳳璘為什麼不讓她早早來見她，看香蘭對他那麼氣恨難消的樣子，她也覺得又更恨鳳璘些了。

「孽緣，我看你們倆就是一輩子都解不開的孽緣。」香蘭下了結論，還故作老成地搖了搖頭。隨即突然眉開眼笑，情緒變化之快讓月箏有點兒跟不上節奏。「小姐，您還沒見過我兒子吧？」

月箏搖頭，有感而發。「你們怎麼生的都是兒子啊！要是現在有個小也那麼大的女孩多好。」

香蘭笑嘻嘻。「那就自己生吧。小姐，您更希望肚子裡的是個小姑娘吧？」看她真心歡喜的樣子，完全忘記了剛才還咬牙切齒地說起孩子的父親。月箏含笑點了點頭。「嗯，我希望是個小公主。」

香蘭聽見「公主」的時候，微微一愣，笑容有些僵硬。月箏明白，「公主」這個說法等於接受自己的孩子是「皇帝」的女兒，香蘭心裡有些彆扭吧。她身邊的人，包括她自己，都是這樣矛盾的，太多無法正確分辨清楚的情緒交纏在一起，愛和恨，實在已經太模糊。

香蘭待到下午，有太多的話一旦開始說，就總說不完似的。

月箏有些疲憊，可能是太興奮的緣故，香蘭一走，就覺得渾身發沈，昏昏欲睡。

這一覺睡得很舒服，醒來的時候已經接近掌燈，寢殿裡只有兩個聽候差遣的宮女，靜得讓人心裡沈甸甸的……這個時候他還沒回宮？或者，今晚他又要歇在別的宮苑？月箏茫然地瞪著帳頂，無可奈何地承認，對於鳳璘，她的確是無法像對雋祁那般超然，這是她連自己都瞞不過的事實。她很討厭這種感受，對自己束手無策，然後陷入自怨自艾。

「娘娘！」瑞十蒼白著臉色跑進來，近段時間來第一次用了猛邑話。「杜貴妃來了！」

月箏立刻察覺了異樣，坐起身時，臉色肅穆，心裡隱隱有了預感，卻拒絕去想。

杜絲雨依然冠戴整齊，緩步走進曦鳳宮的時候，平時的溫柔和順不見了，威嚴得有些凌厲。月箏坐在榻上，平靜地看她，這是回宮後，第一次看見她表露出真實心情。雖然杜絲雨的表情可怕，月箏卻比看見她平素那張時時微笑的假面要踏實，這種感覺很像兩年前廣陵行宮的那一次。

杜絲雨停在最內層的簾幕外，靜靜地看著同樣平靜看她的原月箏，到了這種時候，她仍是一身的慵懶媚態，連下榻都不曾。或許，鳳璘就是喜歡這樣的驕縱放肆？她看著月箏笑了，像姊姊看著調皮的妹妹。「妳好歹也是師從謝涵白，怎麼會這樣散漫？」這個在集英殿上擊敗她的少女，當起皇后來真是一塌糊塗。可是，鳳璘活著的時候，這樣一個處處不符合母儀天下德容的女子，卻是後宮的主人。

月箏沒回答，看了看她身後，只有四個她的宮女，曦鳳宮裡所有的下人都不見蹤影，瑞十也被人拖出去了。聽不見一點兒的嘈雜，太靜了，危機四伏般讓人無比壓抑。

絲雨有點兒不屑向月箏說明發生了什麼，挑了下眉，她也很疲憊了。「今天，終於都結束了。」

月箏一凜，不想明白她的話，心底卻似乎什麼都知道了。不可能！今天早上他還好好的，還說有話對她說！可是……如果他還在，絲雨是絕對不敢這樣走進曦鳳宮的。因為不相信，所以沒有眼淚，她只是看著杜絲雨。

杜絲雨沒有坐下來，一直腰背挺直地站著，顯出一種天生的驕傲。「我們都曾覺得對方幸運，」她笑了笑，感慨地嘆了一口氣。「唉，看來還是我更走運一些。」今天的她經歷了生死一線，的確是心緒起伏難平。早上鳳璘一走，她就差人將他決定五日後立嗣的消息傳給二哥知曉。對皇家的任何一個人來說，只要一刻沒有登上龍座，就不是安全的。她想了很多，她有很多寢食難安的假設：鳳璘若然走得很急，原家大可擁兵自重，先一步佔領禁宮，月箏的孩子沒生下來，就先擁立隆景為帝。隆景外戚薄弱，韓妃的親眷都不在京城，這也是鳳璘看中她的原因。無依無靠的韓妃和隆景簡直是任由宰割的魚肉，將來月箏生下的若是皇子，廢掉隆景簡直易如反掌。

若然鳳璘走得很晚，月箏屆時已經生下皇子，原月闕自然會全力輔助外甥，一場血腥宮變立時爆發，隆安即便名正言順，登上帝位恐怕也不那麼容易。所以，先於原家動手就是至關重要的了，最難把握的是動手的時機。

原本還朦朧的迷局，卻被她一向魯莽少智的三哥破壞了，他竟然私自出城召集了隸屬杜家的京畿兵衛包圍了禁宮，急不可待地想控制禁宮守衛。收到這個消息，杜絲雨完全絕望了，她不知道二哥是怎麼和三哥說的，這樣一來，不是形同逼宮嗎？依鳳璘的脾氣，惱恨之下，他會乾脆殺了她和隆安，讓杜家陷入萬劫不復之境地。平時再喜愛隆安，生死存亡的時刻，鳳璘永遠是那個弒兄篡位的冷血帝王，兒子不過只是一個棋子，他會毫不猶豫地丟棄。

就在她準備接受一敗塗地的結局時，意想不到的奇蹟出現了，鳳璘得知杜家軍入城，氣急攻心竟然驟崩於乾安殿，梁岳還企圖封鎖消息，召容子期和衛皓入宮應付變故。幸虧她這段時間加多了眼線，去宣召容衛二人的太監及時地被她誅殺在乾安門。二哥也帶人團團圍住原府，原月闕的兵符發不出去，大勢就在她的掌握中了。

三哥按她的指示戒嚴了禁宮的每一條通道，抓住至高權柄後的第一件事，就是隻身前往乾安殿確定鳳璘的死訊。斷氣的丈夫躺在冷冰冰的龍座上，她看了他半天，離去時候的他會想什麼？沒安排好身後事，放不下原月箏，怕杜家勢大隆安反受其害？唯獨……他絕對不會想起她！

「抬下來。」她冷漠地命令已經嚇得魂不附體的太監們，鳳璘已經死了，他不該繼續躺在龍座上，那個位置，她兒子要坐上去。她會為鳳璘難過的，他畢竟是她的丈夫，也曾相愛過，但不是現在。

然後，她就來到了曦鳳宮。

「要打扮一下嗎？」她問月箏，她覺得她既然是皇后，死也該死得不失風範。

月箏垂下眼，似乎在想什麼，想了很久，才遲鈍地搖了搖頭。「不了。」

杜絲雨皺眉，一揮手招過她帶來的宮女。「還是打扮一下吧。」她看不得她這個樣子。

月箏笑了，沒有半點憂傷。「下去見他，何須特意裝扮？」隨意的口氣，終於點燃了杜絲雨心裡深埋的火線，冷嗤一聲。「其實，他曾要我答應善待妳，還說這是讓隆安即位的條件。他和很多人犯了一樣的錯誤，人都死了，承諾、條件，還有什麼意義？現在，我要妳死，他又能如何呢？」

月箏聽了，點頭而笑。「是啊……人都死了，什麼都不重要了。」

「其實，對於我來說，妳也不是非得死。」心裡的怨恨終於不需要掩飾地爆發出來，她是真的恨那個死去的男人和眼前這個將死的女人。「妳的孩子死了就可以了，但是，」杜絲雨突然笑了，有些瘋狂和恐怖。「我很愛他，也瞭解他，把妳送下去陪他，他會真正安息的。」

月箏面無表情地看著她，即使在她人生最誠實的時刻，她仍然儀態翩翩，杜絲雨果然是該生而為后的女人。「能放過我的家人嗎？」月箏淡然問，正像杜絲雨說的，就連鳳璘貴為帝王，死了，對身後事也無能為力。她這麼說，只是實在不甘心接受這個事實。

「這個不是妳該擔心的。」杜絲雨已經斂去剛才的笑，一揮手，一個宮女端著鴆酒走到榻邊。

月箏拿起來，笑了笑。「原來……這就是成王敗寇的感覺。」以前總是嘴巴說能理解鳳璘的陰險，這回自己也親身體會到了，你不殺人，可人家要殺你。

杜絲雨聽了一笑。「是啊，妳平常活得太糊塗。」

月箏摸了摸自己腹中還沒來得及長大的胎兒，有一些遺憾，不過還好，她就要帶著他一起去見鳳璘了，還是挺討厭他的，陰險了一輩子還不是被人算計了？不過……一家人能守在一起，也不錯。爹、娘，月闕、小二，還有小也……她不敢多想了，會恨、會不甘心的。她終於害了他們……她總覺得她可以跳脫在陰謀之外，原來不行。她的失敗，不僅僅是她自己，也包括了她所有的親人，的確，她是活得太糊塗！

「活得太精明，也不好啊。」熟悉的聲音帶著戲謔的感嘆響在月影傾瀉的宮門口。

鳳璘穿著普通侍衛的服裝，軟甲把他的身材勾勒得挺拔俊朗，他就站在燈光和月光的交界，沒有因為杜絲雨的背棄而氣憤，也沒有因為原月箏還活著而喜悅，他就那麼淡淡微笑著站在那兒，杜絲雨和月箏都愣愣地看著他，一時都說不出話。

杜絲雨先回過神，原本就冷漠的眉眼染了怒意。「你又何必這樣試探我！」這是三年來她第一次對鳳璘這樣無禮。一切都是他的計策，怪不得當時三哥進城那麼容易，原來不過是將計就計，布好了圈套等著杜家人跳進來！

鳳璘惋惜地笑了笑。「妳連累了安兒。恐怕……暫時朕還不能冊立他為太子。」

杜絲雨有些神經質地哈哈笑了兩聲，倒頗有幾分冷絕的風采。「成王敗寇，生死無尤。我和安兒本就是福禍相依，漂亮話就不用再說了，我輸了，安兒也認命。」

鳳璘讚許地看著她，這個女人簡直是為皇室和後宮而生的，面對失敗的瀟灑，恐怕連他都未必能做到這樣。隆安得她為母，將來的成就或可超越於他。「妳回祥雲宮吧。」鳳璘笑笑，口氣平淡。

杜絲雨聽了，慘然笑了笑，回頭看了眼坐在榻上眉頭緊鎖的月箏，她又錯了，最幸運的還是這個糊裡糊塗的女人！她費盡心血想得到的一切，原月箏就像對待腳邊的石頭一樣，最讓她無法忍受的是，原月箏甚至不屑彎腰去撿，自有鳳璘雙手捧到她面前。

杜絲雨搖頭。「鳳璘，」到了這個時候，她終於可以放任自己說想說的話了，她一直想問的。「你到底喜歡她什麼？」

鳳璘認真地想了想，撇了下嘴。「大概是命。」

杜絲雨失笑，這個答案也太敷衍。「你信命？」她譏嘲的看著他，他信命的話，早該死在孫皇后手中，變成翥鳳歷史上淡淡一筆無人關注的墨跡。

鳳璘也笑了，似乎也覺得這答案太可笑，但他的眼神還是很認真。「除此之外，我也想不出理由。」

杜絲雨冷笑著抿了一下唇。「這倒也是。」

月箏本在沈默聽他們談話，杜絲雨這句話頓時扎了她的肺管，什麼意思啊？在她眼裡她就這麼一無是處嗎？可是……這種時候，她還能和杜絲雨吵嘴嗎？

杜絲雨昂起頭，她不想在鳳璘和月箏面前顯得狼狽，是啊，剛才她還想讓月箏死得有風範，沒想到很快就輪到她自己。

與她擦肩而過時，鳳璘說：「我會善待杜家的，讓他們回鄉侍奉雙親也是人間至幸。」

杜絲雨的腳步頓了頓，繼續前行，他要她說什麼？謝謝？

「這裡，都交給妳了。」他說。

杜絲雨一愣，停住了腳步。

「我已經決定遷都廣陵，這裡……交給妳。」鳳璘似乎有些抱歉，睫毛微微上揚。

杜絲雨尖銳地冷哼一聲，太可笑了，他要與原月箏去新都雙宿雙棲，把這座舊宮以及一干怨婦都留給她？他把她當什麼了？

鳳璘知道她在想什麼。「隆安，我會一同帶往新都，作為長子，我對他的期待仍然很大。」

杜絲雨無法控制自己驟然轉回身，看向他的眼神滿是怨毒。「宗政鳳璘，你太貪心也太惡毒了！你怎麼能這樣對我?!」

鳳璘無奈地嘆了口氣。「經歷了這麼多，我終於明白，我不可能對得起每一個人。我並非是幸運的人，想得到一些，只能捨去另一些。我想，妳也是。」

杜絲雨瞪著他看了半天，面無表情地走了出去。雖然她已經恨透了他，但她承認他說得對！他想得到原月箏，所以捨棄了她和整座後宮，她也一樣，她想讓兒子達成夢想，只能放棄對他的怨恨。

鳳璘聽著她的腳步漸漸走遠，皺眉嘆了口氣，擔憂地看著坐在榻上的月箏，她一直靜靜地坐著，連姿勢都沒改變。和聰明人說話容易，像和絲雨，三言兩語就清清楚楚，但和月箏……有點兒難。

月箏看著他悻悻笑著走到她身邊坐下。「都是你的計劃？」

鳳璘十分抱歉。「我本是想和妳串通好，沒想到杜三來得太快，我沒來得及。」

「啪！」月箏卯足力氣的一耳光打得十分有威力，鳳璘的臉頓時側在一邊，一道血痕也從嘴角滑下。「有病要死了也是耍詐，也沒來得及和我說?!」淚水一下子奔湧出來，她尖著聲音質問。「我真的很恨你，很厭惡！」月箏哭得渾身發抖，撒謊成性的他，她真是恨之入骨！

鳳璘用指尖擦去了血跡，嘶嘶倒吸著氣，真疼啊！他眼巴巴地看著大哭的月箏也不勸。月箏哭了一會兒覺得很鬱悶，轉過身背對他，卻被他從後面緊緊摟住。「隨便妳，還好，我還能活很長時間讓妳恨、讓妳厭惡。」

淚水頓時又淌出新的一行，月箏惱羞成怒卻無力反駁，是啊，恨他、討厭他，都要他活著才行……

聖駕浩蕩地離開京城向廣陵進發，遷都一事也不是沒人反對，只是鳳璘主意已定，誰也不願捋這個虎鬚。舊皇城與肇興帝命理相沖是個坊間盡知的秘密，皇上要遷都另蓋新宮也不算令人意外。百姓尚且講究宅院的風水，更何況一國之君。

月箏坐在車裡回頭望著已改名「西都」的舊京城，絲雨真的接受了鳳璘那個無恥的條件？留在舊宮以貴妃身分管理一干宮眷，正如鳳璘說的，當個明白人實在很痛苦，為了隆安，這樣的命運也忍下。

「你真要冊立隆安為太子啊？」月箏悶悶。

與她同車而坐的鳳璘正閉眼欲睡，隨意地嗯了一聲。「只要他將來爭氣。」

月箏有點兒賭氣。「那將來絲雨還是太后，她還是會殺了我和我的孩子、我娘家的人！」

鳳璘懶懶地把眼睛睜開一線，原本就眼角上挑的眼睛線條越發嫵媚至極。「不會啊，妳哥現在是大司馬，位極人臣，將來只有他想拉隆安下龍座，沒有人能殺他。」

「可是……」月箏皺眉，又可是不出下文。

「放心，我也深刻地體會過，扔下妳撒手人寰後的慘狀，所以我死之前妳還活著的話，我會親手帶妳一起走的。」鳳璘口齒有些纏綿，顯然就要入睡。

月箏用力地推了他一把，他的頭咚地撞在車廂上，疼得眉頭緊皺，卻沒有睜眼，還是一副想睡的模樣。

「你是要我生殉?!那我的孩子怎麼辦？」月箏尋釁。

「鬧了這麼半天，妳該不是想讓妳的兒子當皇上吧？」鳳璘又把媚眼睜開瞥了她一下。

「我絕對不讓我的兒子變得像你這樣無恥又冷血！我不要讓他當勞心勞力口是心非機關算盡的皇帝！我只是不理解你為什麼要這麼安排！」

「既然妳不打算當皇帝的娘親就別瞎操心了，孩子們有『月闕舅舅』呢。」

月箏還是不甘心。「月闕舅舅也不可能長生不死啊！」

鳳璘翻了個身，懶懶地說：「那不還有小也表哥嗎？」

月箏眯眼。「你不怕原家勢大，將來……哼哼。」她冷酷地笑了。

「知道為什麼杜家沒當成大司馬，妳哥能行？」鳳璘動了動頭，找了個舒服的姿勢，月箏雙手抱臂很想聽聽皇帝的內心獨白，皇帝說：「相比杜家，妳娘家人都有點兒缺心眼。」

月箏覺得嗓子一甜，好像要吐血。「再說……兒孫自有兒孫福，這心……真是操不起。別吵我了，睏。」

月箏嗤了一聲，懶得再和他說。其實……他這話也沒說錯，生前為子孫做再多的安排，死後也是一籌莫展，杜家逼宮的那一齣戲雖然全在鳳璘的掌握之中，對他的觸動也還是很大。

廣陵的新皇城由蔣南青負責籌劃設計，月箏私下問過師娘，師父為什麼沒跟來，建造皇宮這樣的大工程沒理由不吸引師父啊？

蔣南青苦笑著告訴她，謝涵白很記恨鳳璘說的一句話，他親自去請蔣南青來設計新宮圖樣，當著謝涵白說：沒請他是因為他只適合布布粗糙的石頭陣，於修建殿宇這項缺乏必要的審美。這句話深深地侮辱了謝大師，導致謝涵白死都不要隨她來廣陵。

新宮落成的時候，蔣南青看鳳璘又在情絲上打了個結，笑著問他：「你還這麼認真啊？不怕涵白賴帳？」

鳳璘輕輕一笑。「再生氣，說過的話還要算數的，不然我會更看不起他。」

月箏對他翻了個白眼，他向來和師父不對盤，師娘聽了倒好像挺開心，也不生氣。

「師父答應你什麼了？」她還是很好奇的。

鳳璘編好了情絲，纏回手腕，雲淡風輕地說：「他說不屑教導我的孩子，除非我能結滿這條情絲。」

月箏無語，這的確是師父的風格，口是心非。

月箏的第一個孩子出生在一個下雪的冬天，是個健康漂亮的胖小子，起名隆錫，月箏因此氣得大哭。鳳璘倒很想得開，安慰她說：「不要緊，我一定會努力讓妳生出女兒來的。」月箏聽了，哭聲又高了一個音階。見鳳璘喜孜孜地又開始編情絲，她就很不滿，應該是他做了讓她感動的事才編一個結紀念吧？她生孩子，他打什麼結啊？「你這是作弊！要是這樣唬弄，沒兩年這結就打滿了！」

鳳璘不以為然。「當然要趁錫兒滿六歲之前打滿啊，妳師父就無話可說了。」

「你這是欺騙我師父！」月箏控訴。

「嗯。」鳳璘大方承認。「情絲的確是騙騙謝涵白的，妳和我的緣分……」拉起她的手放在自己的胸口。「我在這裡編結，一輩子都結不完！」

月箏聽了，抿嘴一笑。

——全書完

寧可痛愛，拚命一搏，決不留下遺憾！

愛到極盡深處，那也是一種淒美……

清宮虐戀第一大手

雪靈之

文創風 015 上卷〈曾經滄海難為水〉

曾經，她的眸光緊纏在一個男人身上，一顆心掛著他，眼巴巴只想嫁給他，
幽禁在森冷的安寧殿裡，想望著他能來看她一眼，她卻總是失望，
一天天過去，一天天失望，她的心冷了，少女情懷全消磨耗盡了……
如今的她，脆弱的心覆上了冰雪，對他的癡迷也像雲煙被風吹淡了，
她只是個落魄格格，是熱鬧角落裡的一抹淡影，不求有人愛、有人呵疼。
然而那個教她絕望的男人卻變了，不准她放手，他執著著不放過她，
他究竟想怎麼樣呢？使計逼走了唯一對她好的男人，硬是要娶她進門……

文創風 016 下卷〈但求魂夢兩相依〉

曾經，他就是她眼中的所有，心裡唯一牽繫的人。
那時的她嬌縱任性，她的纏膩教他生厭，避之唯恐不及。
再見她時，她眼裡對他的癡迷不見了，看透世事般的淡漠神情囓咬著他的心；
以往只希望他能眷顧一眼的笑容，現在卻是為了另一個男人而綻放，
那曾經是他最不稀罕的，如今看在眼裡，心裡生起的卻是不容錯辨的醋意。
真是好笑！她，她的笑容，分明都是他不要的東西，他在彆扭個什麼勁！
但他就是不甘心！不甘心！她心裡的那個男人，原本是他！應該是他！
既然他現在想要了，他的胸襟更沒偉大到犧牲自己的意願去成全另一個男人，
那麼，她就只能待在他身邊，哪兒也去不了！

文創風 025

結緣 2之2 〈愛恨難了〉

國家圖書館出版品預行編目資料

結緣. 二之二, 愛恨難了 / 雪靈之著. --
初版. -- 臺北市 : 狗屋, 民101.05
面 ; 公分. --（文創風）
ISBN 978-986-240-826-1（平裝）

857.7 101006769

著作者	雪靈之
發行所	狗屋出版社有限公司
地址	台北市104中山區龍江路71巷15號1樓
電話	02-2776-5889～0
發行字號	局版台業字845號
法律顧問	蕭雄淋律師
總經銷	知遠文化事業有限公司
電話	02-2664-8800
初版	101年05月
國際書碼	ISBN-13 978-986-240-826-1

定價220元

狗屋劃撥帳號：19001626

網址：love.doghouse.com.tw E-mail：love@doghouse.com.tw